Lobos Aulladores

Kerry E.B. Black

Traducido por Debra R. Sanchez

Este libro o cualquier parte del mismo no puede ser reproducido, representado o utilizado de ninguna manera sin el permiso expreso por escrito del editor o del autor, excepto para el uso de breves citas en una reseña del libro.

Esta es una obra de ficción con influencias históricas. Los nombres, personajes, empresas, lugares, sucesos, locales e incidentes son producto de la imaginación del autor o se utilizan de forma ficticia. Cualquier parecido con personas reales, vivas o muertas, o con sucesos reales es pura coincidencia o se ofrece en homenaje a su honor, como se indica en el guión posterior a la novela. Nada de lo aquí expuesto debe tomarse como consejo médico o espiritual, una vez más, porque se trata de una obra de ficción.

Impreso en los Estados Unidos de América
Primera edición 2024

ISBN: 978-1-948894-44-9

Tree Shadow Press
www.treeshadowpress.com

Para obtener permiso de reproducción, póngase en contacto con
Kerry E. B. Black
https://kerrylizblack.wordpress.com

Portada: https://pixabay.com/photos/landscape-wolves-forest-night-moon
Arte de la página del título por:
<a href="https://www.vecteezy.com/free-vector/dream">Vectores de sueños por Vecteezy</a>

Dedicación

Para los discapacitados y por sus familias.
Nadie conoce realmente las pruebas de otra persona,
y aunque algunas luchas son visibles,
otras permanecen ocultas en la mente.

Para los acusados simplemente porque
son chivos expiatorios fáciles.

Y para mi querida Dylan, con eterno
gratitud por nuestro viaje histórico.

-KEBB

Tabla de contenidos

Capítulo uno:
Lobos a la puerta

Los lobos rodearon a su presa, cerrándose, un nudo que se tensaba. Ward empujó a su hermana Nina hacia delante, imaginando el aliento de los perros salvajes. Los gruñidos rasgaban el crepúsculo, provocando miedos primarios como electricidad a lo largo de la espina dorsal del joven.

Ward lanzó piedras, apuntando a los ojos. Los ojos dorados, hambrientos y enfurecidos, brillaban como blancos dignos. Lanzó y acertó. Un aullido le dio una efímera esperanza. Otra piedra. Otro blanco. Con cada retirada de la bestia almizclada, un sustituto voraz saltaba a su lugar. Dientes como cuchillas rociaban saliva. El pelaje sarnoso se alzaba a lo largo de las ancas.

Raspó el suelo con la mano, desesperado por conseguir otro proyectil. Puso toda su fuerza en un lanzamiento. El palo dio en el blanco con un ruido sordo. Un aullido seguido de una embestida. Ward esquivó hacia el delgado cuerpo de su hermana. La inútil Nina, cojeando sobre piernas deformes. Nina, vagando por donde no debía. Nina, la culpable de este aprieto y la causa probable de su muerte inminente.

Toda su vida, sus padres le predicaron responsabilidad. "Protege a tu hermana".

Bueno, voy a *morir aquí, y ella también.* Ward buscó algo para lanzar, cualquier cosa sólida. *Es como si Nina atrajo a la manada de lobos.* Le robó una mirada.

Ella balanceaba una de sus muletas de madera en amplios arcos que acobardaban a las bestias. Gruñía con cada circuito, y la altura y la velocidad disminuían. Se apoyó con fuerza en la otra muleta.

Debería haber muerto cuando era un bebé maullador. Pero no. Mi familia la arrebató de las fauces de esos monstruos hace más de veinte años. Sin embargo, aquí estamos de nuevo. Enfrentándonos a la muerte.

Lanzó puñados de escombros, todo lo que pudo recoger con sus manos desesperadas y aferradas.

La sabiduría de los padres resonó como una condena. "Protege a tu hermana. Sé el guardián de tu hermana".

Una bestia oscura giró y saltó de nuevo. Ward dio una patada y su bota se hundió en el músculo. Su compañero se abalanzó, sus garras rozaron su pantorrilla.

Nina, delgada como un atizador con faldas sin forma, giró y levantó la muleta en la que se había apoyado, utilizando el antiguo soporte como arma. Aplastó el palo tallado contra la cabeza del gran perro con un sólido chasquido. La bestia chilló y retrocedió. Ella chilló, una rabia primitiva proyectada por una boca torcida. Aunque temblaba de cansancio y chorreaba sudor, se lanzó hacia adelante, saltando con el apoyo de una muleta mientras blandía la otra como un derviche giratorio.

Ward se lanzó hacia delante, siguiendo su ejemplo a través de la línea enemiga. Lanzó piedras y terrones de barro, gritando como un poseso.

No quedaba nada que lanzar. Con zancadas largas y seguras, pasó junto a ella. *Espero que ella siga su ritmo.* Sus aullidos enloquecidos y sus gestos con las manos asustaron a los lobos. *Tengo que pensar en mi pellejo y en mi familia. ¿A quién tiene Nina? ¿Quién la lloraría? Nadie.* Lanzó su peso contra la puerta de madera que protegía su hogar.

Una vez cruzado el portón, dudó. *Podría cerrarla de golpe. Dejar que los lobos la comieran y me dejaran en paz.* El rostro preocupado de su esposa brillaba como una luna juzgadora tras las contraventanas. Una punzada le recorrió la conciencia como carbón encendido. *Lillian no lo aprobaría.* Mantuvo la puerta abierta.

"¡Date prisa, maldita sea!"

Nina saltó a través de la reja, él la cerró de golpe y echó el pestillo. El movimiento tiró a su hermana al suelo. Sus faldas se engancharon en la madera.

Unos golpes sacudieron la barrera cuando los lobos se lanzaron tras ellos. Aullidos de rabia rasgaron el aire. Gruñidos y arañazos pusieron a prueba la protección.

Nina tiró de sus faldas, frenética por liberarse. La tela se rasgó y cayó de espaldas. Se incorporó, torpe como un potro recién nacido, utilizando las muletas como contrapeso.

Los miembros de la manada se empujaron contra la barrera. Una de las tablas se resquebrajó, pero aguantó.

Los ojos de Nina se abrieron de par en par y jadeó: "¿Cómo de fuerte es esa puerta?".

"Reza para que aguante". Ward corrió por el sendero, dejando que Nina recogiera su mochila y le siguiera. Mientras él subía por el sendero de piedra, una mirada hacia atrás mostró que ella impulsaba la parte inferior de su cuerpo con sorprendente velocidad hacia la seguridad de su cabaña. Piedra y madera. *Mi familia sabe cómo mantener a raya a los lobos.*

Lillian, la esposa de Ward, gritó: "Deprisa. Entren".

Nina entró detrás de él. Él atrancó la puerta y se desplomó en el suelo. Su esposa se arrodilló a su lado, derramando lágrimas y abrazos.

Capítulo dos:

Paciente

Nina se dobló sobre sí misma, utilizando el manto como apoyo mientras jadeaba. Unas brillantes manchas carmesí coloreaban sus mejillas y su cuello. Dejó caer su mochila del hombro al suelo, a sus pies.

Ward se quedó boquiabierto. *Me pregunto cómo se las arregló para mantenerlo agarrado durante toda la pelea. Dejé caer o tiré todo lo que llevaba.*

Lillian le pasó suavemente la mano por los pantalones rotos y le limpió las heridas con un paño caliente. Le vendó y le besó los labios. "Gracias a Dios que estás a salvo".

Cuando cruzó para abrazar a Nina, Ward se estremeció por su ausencia.

"No puedo agradecérselo lo suficiente. Qué valentía, venir en nuestra ayuda a pesar de tales peligros". Las lágrimas se agolparon en la garganta de Lillian e hipó. "Si les hubiera pasado algo, a cualquiera de los dos, no podría vivir con la culpa".

Nina apoyó una mano en el hombro de Lillian. Sus finos dedos se enroscaron como un pájaro posado en una leve rama. "Necesitabas ayuda. Aquí estoy. Siempre vengo cuando puedo ser útil".

Lillian se secó las lágrimas y moqueó en un paño. "¿Estás herida? ¿Necesitas ayuda?"

"Una taza de té podría ser calmante. Si no es una molestia".

"¡Por supuesto! Por favor, siéntese y pondré la tetera a hervir".

Ward ocupó su asiento favorito, con cojines cosidos por su inteligente mujer, y dejó una mecedora de respaldo recto para su hermana. El fuego parpadeaba detrás de ella, iluminándole el pelo y ensombreciéndole el rostro.

Miró con desprecio a Nina. *Será mejor que cumpla nuestro acuerdo. No necesito que Lillian sepa que la bruja de las hierbas es una pariente.*

Se sentaron en silencio. Los latidos del corazón de él volvieron a un ritmo normal y la respiración de ella también se calmó. Nina se secó el sudor de la frente con un paño de su mochila. Para cuando Lillian regresó con tazas humeantes de té amargo, los aullidos del exterior sólo se debían al viento.

Lillian le pasó una jarra de miel. "Creo que los lobos han renunciado a su persecución por esta noche. Gracias a Dios".

"Efectivamente". Nina roció un poco de la dulzura ambarina en su taza. Le tembló la mano al beber un sorbo. "¿Cuándo puedo conocer a mi paciente?"

Lillian agachó la barbilla hacia el pecho, haciendo que su pelo se desparramara sobre sus hombros, una cascada que le tapaba la cara.

Siempre hace eso cuando está nerviosa o avergonzada. Se esconde detrás de su pelo. Ward cogió la mano de su esposa y la calentó con la suya. Su tímida sonrisa le dejó sin aliento.

Le temblaba la voz. "Lo traeré cuando hayas terminado tu bebida. Es nuestro bebé. Nuestro pequeño. Pensé que si alguien podía ayudarlo, serías tú".

Nina dejó la taza a un lado. "Haré lo que pueda, si Dios quiere. Por favor, déjame verlo ahora".

Capítulo tres:

Petición de ayuda

La noche anterior, Lillian había envuelto al bebé, pero los lamentos del niño aumentaron. Ella se balanceaba, con su hijo en brazos y las lágrimas brotando de ambos.

"¡Algo va mal, Ward! Tienes que ir a buscarla. Debes rogarle a la bruja de las hierbas que venga".

"Pero los médicos..."

"Los médicos dicen que no pueden ayudar. Le han desangrado hasta que no le queda mucho en el cuerpo. Ninguna de sus medicinas lo cura. Por favor, Ward. La hierba bruja es su única esperanza".

Al oír las palabras de su esposa, sintió como si fueran golpes de su pasado, acusaciones de su fracaso como hijo y hermano que le dejaban sin aliento y sin alma. Sus ojos suplicaban y él los rodeaba de besos.

No puedo fracasar también como marido y padre.

Antes del amanecer, recogió su gorra y su abrigo y se puso en marcha para pedir ayuda a la única familia que le quedaba, una mujer a la que había abandonado con la misma certeza con la que sus padres biológicos la abandonaron en el bosque más allá de su pueblo cuando ella sólo tenía semanas de vida.

Se apresuró a través del bosque para alcanzarla. Si avanzaban lo bastante rápido, podrían regresar a su casa antes del crepúsculo. Deambular por los senderos al anochecer presentaba riesgos innecesarios. Las bestias y los salvajes merodeaban por allí.

En la puerta de la casa colgaba una placa de madera que representaba un mortero. Sus bisagras gimieron cuando él pasó. No había escalones, pero una especie de pequeño patio conducía a una pequeña casucha con una pesada puerta de madera. Se sentía sólida y áspera bajo sus nudillos, una barrera de roble. Sus golpes sonaron indelicados e impenitentes. La puerta se abrió con facilidad.

Una joven delgada y retorcida abrió la puerta. Se echó hacia atrás, llevándose un chal a los labios para taparse la boca abierta cuando lo vio en el umbral. Dio un paso adelante, extendiendo una mano inestable como si quisiera apartar una ilusión.

"Ward, ¿eres tú? Después de todos estos años, ¿puede ser?"

Salió de su contacto, rígido y erguido. Su voz sonaba severa y formal.

"La gente de los pueblos dice que usted cura. Tengo un hijo que necesita ayuda. ¿Vendrás?"

Su mano permaneció extendida, una ofrenda absurda y no correspondida. "¿Un hijo? ¿Un sobrino? Oh, Ward, ¿cómo se llama?"

Se acercó a ella, rápido como una serpiente.

"No, un sobrino no. Mi hijo no es nada para ti, como tú no eres nada para mí. Mi esposa me envió porque el niño está enfermo con una fiebre que los médicos no pueden combatir. Se marchita ante nuestros ojos. No sabemos qué más hacer, así que ella recurre a tu supuesta brujería. ¿Ayudarás al niño o no?"

Nina volvió la cara y recogió su bolso. "No soy hechicera, ni bruja. Soy herborista, como lo era nuestra madre. Dios la tenga en su gloria. Ya lo sabes, hermano".

Le agarró la muñeca por encima de la muleta. "No me llames así. Cesamos toda relación familiar cuando me fui para convertirme en hombre. Eres la bruja de hierbas a la que llama mi esposa por desesperación. Si vienes, no reclamarás ningún conocimiento sobre mí o mi familia. ¿Está claro?"

Sus ojos sorprendidos se clavaron en los de él. "Ya veo". Levantó la barbilla, con los labios apretados y la mirada clavada en la suya. "No traicionaré tu secreto". Parpadeó rápidamente y se volvió hacia su casa. "Deja que recoja mis cosas y nos pondremos en marcha. Creo que podremos llegar a tu casa antes del anochecer. ¿No crees?"

Observó el cielo. Solo, llegaría a su granja antes de la cena. Con ella ralentizando su paso, el progreso sería lento. "Debería, supongo."

Aunque habían encontrado una manada de lobos que les complicó el viaje, habían llegado al anochecer.

Capítulo cuatro:
El guardián del hermano

Ward miró hacia el cuarto del niño.

Me pregunto cómo supo cuánto tardaría en llegar a mi casa. Nunca le dije cuánto tardaría en llegar.

Nina cojeó hasta la cuna y miró al niño por encima de la barandilla. Apoyó una mano delgada en su mejilla hundida. El niño no se movió.

Ella dijo que llegaríamos aquí antes del anochecer. Pero nunca le dije dónde vivimos.

Nina cogió al niño en brazos y le arrulló al oído.

Ward se encogió. *¿Y si se le caía?* La respiración superficial del bebé y su piel hundida alarmaron a Ward.

Le preguntó a Lillian: "¿Cómo se llama?".

"Malcolm."

Nina sonrió al niño. "Hola, Malcolm. Encantada de conocerte. Abre los ojos, por favor, para que nos presenten".

Los párpados del niño se agitaron.

"Me llamo Nina, y tu mamá está muy preocupada por ti. Veamos si podemos hacer que tú y ella se sientan mejor".

Desplazó a Malcolm hacia su hombro y él gimoteó. "¿Qué edad tiene, por favor, Sra. Lillian?"

¿Los presenté? ¿Mi esposa y la bruja de las hierbas? Debo haberlo hecho.

"Mañana habrá saludado dos meses".

El niño gritó, llevándose las rodillas al pecho como un pájaro encapsulado en un huevo.

"¿Cuánto tiempo lleva enfermo, cuáles son sus síntomas y qué tratamientos ha seguido?".

Al nacer, la palidez del niño alarmó a todos los que lo visitaban. Se negaba a mamar, no prosperaba, y los chillidos que emitía hacían temblar los dientes traseros y la paciencia de Ward. Ward recordaba las sanguijuelas engordando y haciéndose grotescas en la delicada piel de Malcolm. Los cuchillos mellaban su carne, las gotas de granate se acumulaban en cuencos de gres. Los hombres de Carrierville con bolsitas de hierbas aromáticas colgando del cinturón y ricas túnicas oscuras parloteaban sobre los malos humores y la limpieza del aire. Lillian se negó a admitir a uno de estos hombres de ciencia en su casa después de que sugiriera aplicar un hierro candente en la ingle de su bebé. El reverendo había rezado por el niño y lo había ungido con los óleos de la extremaunción.

La voz de Lillian sonaba distante mientras describía los síntomas y los tratamientos. Nina tenía la boca apretada y los músculos de la mandíbula contraídos. Aunque no dijo nada, Ward resintió sus reacciones.

¿De verdad cree que sabe más que los hombres de ciencia? ¿Se burla de sus métodos? ¿Juzgando a nuestros padres?

Malcolm se puso rígido, echó la cabeza hacia atrás y soltó un gemido agudo. Nina luchó por mantener el agarre. Ward le arrebató al niño con la mirada. *Incompetente. No tiene derecho a sostener a un niño, y mucho menos a atenderlo. No sé en qué estaba pensando Lillian.*

Se apartó de un tirón cuando Nina intentó quitarle el pañal.

"¡Ward!" Los ojos de Lillian se abrieron de sorpresa. "Necesita examinar a Malcolm". Se puso de puntillas, cogió al bebé y se lo llevó a la bruja de las hierbas.

Nina obligó al bebé a abrir los ojos. Examinó su piel, pasando las palmas de las manos por cortes que se estaban convirtiendo en cicatrices, recordatorios de anteriores intentos de curación.

"¿Amamantará?"

A Lillian se le saltaron las lágrimas. "No."

Nina cogió su mochila - la que había conseguido conservar a pesar del ataque de los lobos - y se puso a moler hierbas y a preparar un té. Llenó el estómago de una oveja curtida con su brebaje, perforó una punta y la acercó a la boca de Malcolm.

Él la rechazó, apartándose con pequeños puños apretados. Nina le arrulló y le acarició la mejilla hundida hasta que, por fin, Malcolm se prendió y mamó, tirando de la vejiga como si se amamantara de su madre. Nina le alisó el fino pelo de la cabeza mientras Malcolm bebía. Tarareaba una canción que Ward recordaba.

Capítulo cinco:

Memoria en canción

Mamá cantaba todo el tiempo. Su voz arrancaba la calma de Ward cuando era niño, un viento suave acompañado de un toque tranquilizador y un corazón bondadoso. El amor y la admiración fluían con cada nota. El arrullo de sus canciones de cuna le enviaba a los buenos sueños, y sus trinos le despertaban con el amanecer.

A los cinco años y medio, Ward estaba cómodo en las rodillas de Mamá, que tarareaba una melodía que llamaba "Bienvenido forastero". Le apartó el pelo de los ojos y le dijo: "Nuestra familia crecerá pronto. Serás hermano mayor, amigo y protector. Estaré orgullosa de ti".

Ward quería el orgullo de sus padres, pero se sentía inseguro ante un nuevo miembro de la familia. "¿Cuándo vendrá?"

"Llegará con la bendición de Dios. Estas cosas no se pueden precipitar".

Un portazo anunció la llegada de Papá a casa. Se apresuró a abrazarlos y luego besó a Mamá en la coronilla. "¿Le contaste nuestras felices noticias?"

"Ciertamente. Es un joven estupendo. ¡Qué espléndido hermano será!"

Papá echó a Ward del regazo de Mamá. "Te estás haciendo demasiado grande para sentarte ahí, hijo."

"¡Oh, no, querido! Él nunca será demasiado grande, ¡pero pronto yo podría serlo!"

Se rieron y la alegría invadió a Ward, príncipe de un pequeño castillo, seguro de su posición.

Durante la limpieza después de una cena de sopa de nabo y pan integral con mantequilla, Mamá se puso pálida y una capa de sudor brilló en sus delicadas facciones. Se apretó el estómago y se agarró al borde de la mesa. "Tengo que tumbarme".

Ward terminó de ordenar mientras su Papá hablaba en susurros y Mamá contestaba con gemidos.

Aquella noche, la primera que recordaba, Ward buscó el sueño sin el consuelo de la canción de Mamá. Recibió la mañana sin su alegría.

Mamá pasó el día acurrucado sobre sí misma, abrazándose las rodillas al estómago. Papá se preocupaba, pálido y tembloroso. Ward se sumió en un deseo impotente de aliviar su malestar. Le cantó canciones desde los pies de la cama hasta que Papá le espantó.

Desolado, Ward reflejó la postura de su madre en un rincón cerca de la chimenea, donde las llamas no podían calentar su miedo helado.

Mamá no volvió a cantar durante muchas semanas. Papá dijo: "Tenemos que ir a visitar a tu abuela".

Hicieron las maletas para caminar hasta Bridgeton, el pueblo vecino de la abuela. Mamá cabalgaba a horcajadas sobre la mula de carga, gimiendo cuando el difícil suelo provocaba empujones. La abuela estrechó a Mamá contra su amplio pecho y lloraron la una contra la otra. Papá y Ward arrastraron los pies, incómodos ante tanta emoción.

"Vamos a partir leña", dijo Papá.

Ward nunca había sostenido un hacha. La sentía pesada y peligrosa. Sus palmas sudorosas le hicieron perder el agarre.

"Entrelaza los dedos así". Papá entrelazó los dedos antes de estrellar el hacha contra la veta de la madera. "El pino está demasiado lleno de savia para un buen fuego. Queréis maderas duras como el roble y el cerezo". Se esforzaron hasta quedar exhaustos, con el sudor pegándoles el pelo a la frente antes de caminar. "Puedes distinguir los tipos de árboles por las hojas. A veces también por los frutos secos y las semillas. Y por la corteza. El manzano produce flores en primavera. El abedul tiene una corteza fantasmal pálida y gruesa con marcas oscuras como huellas dactilares".

Ward absorbió las palabras de su padre, disfrutó de su atención.

Con la llegada de la hora de la cena, no pudieron evitar por más tiempo la casa de la abuela y su drama hembra. Se lavaron antes de comer en silencio el espeso estofado de ardilla de la abuela.

Mientras limpiábamos después de la comida, Papá dijo: "Deberíamos ponernos en camino. Se acerca la noche".

La abuela frunció el ceño. "Ojalá te quedaras. No es seguro ir por la carretera de noche".

"Por desgracia, temo la ira de mi carpintería inacabada y de los comisarios del proyecto más de lo que me preocupan los ladrones o las criaturas del Bosque de Wildes".

Mamá se aferró a la abuela. La abuela acarició el pelo de Mamá como Mamá consolaba a Ward. "Te quiero, mi niña. Esto saldrá bien. Espera y verás".

Mamá susurró: "Pero se ha ido. Nos esforzamos tanto por tenerla, por conservarla. Tan pequeña, robada. Y no entiendo por qué".

"Puede que nunca le encuentres sentido, pero mejorará. Poco a poco. Ten fe". Apoyaron las frentes, con los ojos cerrados y los brazos entrelazados, hasta que el abuelo carraspeó. La abuela besó la mejilla de Mamá.

Mamá se envolvió el pelo con un chal de ébano y emprendieron el camino de vuelta a casa.

La oscuridad se asentó sobre la tierra, oscureciendo la luminosidad igual que el chal ocultaba el océano de rizos de Mamá. Llevaban linternas para guiar el camino, creando pequeños charcos de oro que intensificaban la profundidad de las sombras. Unos crujidos y golpes en el camino hicieron que Ward se sobresaltara. Cogió a su padre de la mano, interponiéndose entre él y la mula. El pueblecito de la abuela quedaba muy atrás, y no llegarían a casa hasta dentro de un rato.

El largo bastón de pastor de Papá repiqueteaba a medida que avanzaban, un metrónomo constante para su marcha intercalado con el clip clop de los pequeños cascos de la mula. Atentos.

Un aullido hizo que Ward sintiera escalofríos. La mano de Papá tembló, revelando una reacción similar. La mula rebuznó, el blanco asustado de sus ojos se puso en blanco cuando el miedo primitivo se apoderó de la bestia. Papá le agarró la cabeza, tirando de ella con el ronzal. Cubrió la cabeza de la bestia con su capa, pero la mula se resistió.

"¡Suéltame!" Le gritó a Mamá, luchando por controlar a la criatura presa del pánico.

Se movía como si estuviera bajo el agua, con la cabeza inclinada en un ángulo extraño. "¿Has oído eso?"

"Claro que sí", Papá tiró de la cabeza de la mula hacia el suelo. La criatura dio una patada. Ward esquivó las pequeñas pezuñas que cortaban el aire. "Por favor. Desmonta".

Mamá se balanceó, aterrizando con un golpe.

"Ward, ayúdame con este cabestro", gritó Papá.

Mientras Ward agarraba la correa de cuero de la mano de Mamá, ella se inclinaba sobre un helecho como si estuviera enferma otra vez.

Otro aullido, y luego otro, le provocaron escalofríos. La mula rebuznó y pataleó con más fuerza, tirando a Ward de sus pies.

Mamá gritó: "¡Santo cielo! ¡Socorro!"

Papá soltó la mula y corrió hacia Mamá. Ward forcejeó con la mula. "Shh, por favor, cálmate", suplicó, acercándose a su suave y blanco hocico. Pasó los dedos por los agudos orificios nasales, intentando calmar al asustado animal, que utilizaba su mayor masa para zarandear a Ward.

"Lo tengo", gritó Mamá.

Papá gritó: "¡Corre!"

Mamá irrumpió en la carretera con los helechos enredados en los tobillos y apretando contra el pecho un fardo envuelto en su bufanda. Tenía la cara enrojecida y respiraba entrecortadamente. "Ward, suelta la mula. Sujeta esto. Protégelo con tu vida".

Le quitó las riendas y le entregó un fardo de mantas. Se contoneaba y lloraba. Era un bebé. ¿De dónde había salido?

Algo irrumpió de entre la maleza, grande y rápido, seguido de más de lo mismo. Lobos, voraces, con la lengua sobre los colmillos brillantes y los ojos hambrientos.

Papá balanceó su pértiga, conectando con un lobo gris erizado. Mamá recogió una gruesa rama del suelo. Rasgó la parte inferior de su falda y la enrolló alrededor de la rama, encendiéndola con la llama de una linterna. La blandió hacia la manada que se acercaba. La mula se abalanzó sobre los brillantes ojos dorados. La familia giró y atacó mientras más criaturas emergían del bosque, gruñendo. De sus dientes afilados goteaba saliva y amenaza.

Ward se encogió sobre su carga, cerrando los ojos mientras se producía la pelea.

La mula chilló, un sonido agudo y desesperado que erizó los pelos de la nuca de Ward. El bebé lloraba. Las manos de Mamá lo empujaron. Huyeron, abandonando su espumosa montura a la hambrienta manada.

Capítulo seis:

Una carga ahora

La mula dejó de gritar y los gruñidos se distanciaron. La jadeante familia redujo la marcha, pero permaneció vigilante. El corazón de Ward latía con fuerza, y cada crujido de la maleza o suspiro del viento le hacía dar un respingo. Luchaba por controlar su respiración acelerada. Mamá sostenía la antorcha delante de ellos como un talismán, pero se echaba hacia atrás para tocar el hombro de Ward o al bebé. Papá acechaba un perímetro alrededor de ellos, con el bastón resbaladizo de sangre de lobo y cubierto de pelo.

A Ward le dolían los hombros y los brazos, y se ajustó al bebé. "¿Puede llevarlo otra persona? Se está poniendo pesado".

Mamá se inclinó y le tocó la mejilla. "Mi valiente hombrecito, por favor, sostén al bebé un poco más. Sé que la carga se siente pesada ahora, pero antes de que te des cuenta, tu vida se enriquecerá".

Sus ojos brillaban a la luz de las llamas como lo hacían antes de enfermar.

Para que siga sonriendo, lo llevaré yo. Asintió y se echó el bebé al hombro. Se sentía rígido, no flexible y suave como otros bebés que había llevado antes. *Debía de estar asustado.* El camino pasó a ser de tierra más compacta y el delicioso aroma de las hogueras les dio la bienvenida.

Susurró: "No te preocupes. Ya casi estamos en casa. Encontraremos a tus padres". Aunque al decirlo, una sensación de pavor se instaló en su estómago.

Pasaron por delante de un corralito. Una mula hembra le tendió la mano para que la arañara o le diera una golosina. Ward enterró la cabeza en las mantas para ocultar las lágrimas.

Nuestro pobre Clyde. Era una buena mula.

Mamá dejó a un lado la antorcha gastada y cogió al bebé. "Estoy muy orgullosa de ti, jovencito. Te has portado muy bien. Valiente y protector".

Ward miró hacia casa, agradecido por la oscuridad de la noche. *Nadie necesita ver a un chico valiente llorando por un animal de granja perdido.*

Una canción detuvo sus movimientos. Mamá cantó por primera vez en días, cantó una canción que a él le encantaba, pero le cantó la melodía al nuevo bebé.

Ward sintió que el frío le subía por la espalda. Le temblaban los codos por el esfuerzo de sostener al niño y le dolía la espalda. Se le formaron ampollas en las palmas de las manos por haber cortado leña antes, y se estremeció cuando se golpeó la muñeca.

Magullado, supongo.

Mamá siguió caminando y cantó su canción, inclinándose sobre el bebé con una sonrisa que guardaba para la familia.

Ese estúpido bebé. Por eso me duele. Lo cargué durante kilómetros. Peor aún, es el culpable de la muerte de Clyde. Si no nos hubiéramos parado a cogerlo, mi mula seguiría viva. Entonces Mamá me cantaría a mí.

En cambio, caminaba solo, olvidado en la estela de rescatar a un mocoso abandonado a los lobos.

Ojalá se lo hubieran comido antes de que lo encontráramos.

Capítulo siete:
Ampliado por uno

Mamá arrulló al bebé mientras desenvolvía las mantas. Una niña yacía desnuda entre la lana carmesí, con las piernas torcidas en ángulos extraños.

Ward preguntó: "¿Por qué tiene las piernas así? ¿Están rotas?"

Las cejas de Mamá provocaron arrugas en su frente. "No creo que estén rotos". Intentó enderezar las extremidades y la niña lloró. Mamá la levantó y la hizo rebotar en un suave baile, calmándola. "Ya se nos ocurrirá algo. ¿Qué nombre le ponemos?"

"Espera, ¿qué quieres decir? ¿Nos la quedamos? ¿Esa bebé no tiene ya una familia?".

"Ni uno que quisiera quedársela". Cubrió las orejas del bebé y susurró: "La dejaron en la roca de ofrendas para los lobos". Estudió la cara de la niña. "Nina. Creo que Nina es un buen nombre. ¿Qué te parece?"

Creo que esto es raro. Creo que ese bebé es ruidoso y apestoso. Y también hizo morir a mi mula.

Mamá lo estudió con expresión esperanzada.

Se encogió de hombros. "Supongo que está bien".

Papá besó la mejilla de su esposa. "Creo que Nina es un nombre espléndido".

"Entonces, bienvenida, pequeña Nina, a nuestra familia. Aquí estarás segura y serás amada".

Papá tendió la mano a Ward. Su abrazo creó un círculo, una familia ampliada en uno.

Capítulo ocho:

Cama para la noche

En la casa de piedra de Ward, su bebé Malcolm se durmió en brazos de Nina. Se lo entregó a Lillian y luego se sentó en un banco junto a la chimenea. Su respiración agitada y una capa de sudor indicaban el esfuerzo realizado. Bebió un sorbo y cerró los ojos. Se inclinó hacia delante para frotarse las rodillas, con la espalda recta y la cara contraída por el esfuerzo.

Lillian volvió de acostar a Malcolm en su habitación y tiró de Ward hacia el banco.

Nina adoptó una postura de póquer y se volvió hacia Ward y su esposa.

Lillian apretó la mano de Ward como si intentara transmitirle un significado secreto. Su rostro se sonrojó en la penumbra.

"Sabía que podrías ayudarnos. Gracias".

¿También quiere que me ruborice? ¿Y qué? Consiguió que el niño bebiera un poco de té. Eso no significa que el chico esté curado.

Ward dijo: "¿Ya está mejor? ¿Ha terminado el tratamiento? ¿Se marchará?"

El agarre de Lillian se hizo más intenso, los dedos pellizcando su dura piel. Frunció los labios y entrecerró los ojos con líneas de enfado.

Ward retrocedió. "¿Qué? Sólo quiero saber a qué atenerme".

Nina se pasó una mano temblorosa por el pelo anudado. Sus dedos se doblaban en ángulos irregulares.

"Puedo irme por la mañana si ese es tu deseo. Dejaré más té para tu pequeño. Dáselo cada vez que puedas. Le ayudará a expulsar los malos humores de su cuerpo. Dormirá y así recuperará fuerzas". Tendió la mano a Lillian. "Tú también tienes que dormir. No conviene que te debilites o enfermes. Come bien también. Se necesitan padres fuertes para cuidar a los pequeños enfermos". Miró a Ward con ojos de elfo. "Créeme. Lo sé". Se dio una palmada en las piernas.

Las lágrimas resbalaron por las mejillas sonrojadas de Lillian. Apartó la mano de Ward. "No harás tal cosa". Le lanzó una mirada fulminante a Ward. "Eres apreciada y bienvenida, y cuando estés lista para irte, mi marido te llevará sana y salva a tu casa. ¿Verdad, Ward?"

Una mezcla de emociones recorrió el rostro de Lillian. Miedo. Ira. Decepción. Confusión. Determinación. Lillian insistió, "Después de todo, es lo correcto".

Protege a tu hermana. Me fui de casa para no tener que ocuparme de ella y aquí estoy, años después, cuando me dicen que vuelva a cumplir con mi deber. Él gruñó, sin compromiso.

Lillian se acercó a Nina en el banco. Cogió y acunó la mano de Nina. Sus cejas casi desaparecían en el nacimiento del pelo, y las lágrimas caían en cascada como una lluvia primaveral. "¿Pero tienes que irte tan pronto? Temo por la vida de Malcolm".

Nina tragó saliva. "Me quedaré todo el tiempo que me necesites". La mirada de Nina suplicó a Ward. Él se alejó.

Lillian envolvió a Nina en un suave abrazo y lloró. Le temblaba la voz. "No sé cómo agradecerte que hayas venido. Siento todas las molestias. Te compensaremos de alguna manera. Por favor, salva a mi bebé. No me importa cuánto tiempo tome. Sólo cúrenlo".

Ward miró al niño. Se chupaba los dedos, inocente en el sueño. El brillo rojo cereza de su piel se había atenuado. Ward puso una mano sobre la cabeza de Malcolm. Tranquilo. Por primera vez en días.

Los pies descalzos de Lillian se deslizaban por los tablones de madera. Apoyó una mano en su hombro. Se la llevó a los labios.

Susurró: "Hicimos lo correcto trayéndola. Gracias".

Acercó a su esposa a su pecho, aspirando el olor familiar de su pelo. *El niño parece un poco mejor. Lillian está contenta. Nina se va pronto. Y nadie sabe que es mi hermana.*

Quizá la vida no sea tan mala. Besó la parte superior de la cabeza de Lillian. "Lo que sea por mi familia".

Se puso de puntillas y le besó. "Mi héroe". Dio un paso atrás, manteniendo las manos de él entre las suyas. "Ward, no se mueve muy fácilmente, ¿verdad? ¿Viste esos moretones a lo largo de sus brazos donde golpean las muletas? Sólo puedo imaginar lo torturados que deben sentirse sus pies".

Al oír sus palabras, su sensación de bienestar se esfumó.

Todo el mundo siente pena por Nina porque lleva sus problemas como si fueran ropa. Todo el mundo ve sus complicaciones. Todos tenemos dolores y molestias. Los míos no siempre son visibles. En serio, me duele todo. Luché contra lobos, ¿recuerdas?

Como si hubiera leído su malestar, Lillian lo envolvió en un abrazo. Su tacto le tranquilizó hasta que dijo: "Creo que debería dormir aquí esta noche. Pondremos un colchón en el suelo de la habitación principal para pasar la noche. Será romántico, una aventura, ¿sabes? Tú y yo ante la luz del fuego". Le pasó un dedo por el brazo, poniendo la carne de gallina a su paso. "¿Qué me dices?"

El frío le recorrió la columna vertebral. Su mandíbula se tensó, conteniendo palabras que seguramente le causarían problemas. *¿Qué? No es culpa mía que esté lisiada. ¿Por qué tengo que dejar mi cama otra vez?*

Capítulo nueve:
Callando con Papá

Ward rebosaba de emoción. Era su primer viaje familiar en varias temporadas, y Papá alquiló una habitación en la posada de Crannastown para su estancia. Entró corriendo en la habitación y saltó sobre la cama. Plumas y paja cosidas en un colchón descansaban sobre cuerdas tejidas. "¡Qué cama más bonita!", dijo abriéndose de piernas.

"Ward, ya hablamos de esto. Nina se queda con la cama".

Sintió que se relajaba en el colchón. *Tal vez si se quedaba dormido, lo dejarían allí. Pero no, entonces pondrían a Nina a su lado, y ella se meaba cuando dormía.* Se quejó. "¿Por qué no puedo tener una cama, Mamá?".

"Sólo hay un extra en esta habitación, y tu hermana lo necesita más que tú". Mamá le levantó la barbilla y sonrió a sus ojos. "Además, eres mi joven fuerte. ¿No es una aventura dormir en el suelo?".

Refunfuñó. "No. Me duele la espalda y el cuello cuando tengo que dormir en el suelo".

"Ward, por favor, sé un caballero. Prepararé un bonito nidito. Será divertido".

Papá llevó a Nina a la habitación alquilada de la posada y la tumbó en la cama. "Aquí tienes tu lugar de descanso para esta noche, princesa". Besó su mejilla, alborotó el pelo de Ward y luego hizo bailar a Mamá por la habitación.

Mamá echó la cabeza hacia atrás y su pelo barrió el suelo al sumergirse. Se echó a reír. "Vaya, ¿no estás de buen humor?"

Papá se inclinó como un cortesano. "Así es, mi señora. Estoy seguro de que será una empresa lucrativa y de que el viaje merecerá la pena". Papá tallaba madera para hacer figuras y muebles. Vendía cuencos y utensilios desde su carromato. A Ward le encantaba el olor de los productos, fresco y a madera. "Tengo una gran mercancía que ofrecer, y el público será numeroso".

Nina aplaudió, con una sonrisa que mostraba los dientes torcidos. Un tic facial le distorsionó la boca y un escalofrío recorrió su cuerpo, haciéndola perder el equilibrio. Sus dedos de sus pies desnudos y superpuestos asomaban bajo la falda. Era casi imposible encontrar zapatos que se ajustaran a los pies deformes de Nina, que prefería ir descalza.

Ward la empujó hacia arriba. "Usa los brazos para equilibrarte como te enseñé, ¿recuerdas?".

"Lo recuerdo", dijo, con la admiración brillando en su mirada. "Gracias, Ward".

Se encogió de hombros. "Claro".

Carnaval. La familia se quedaba atrás en la mayoría de los viajes, pero esta vez, Papá los trajo.

"Te encantarán los que respiran fuego, Ward, y tú, mi pequeña dama, encontrarás encantadores a los perros bailarines". Papá les dio unos golpecitos en la nariz. Sus dedos mostraban las cicatrices de su trabajo y olía a madera. Su pelo y su ropa a menudo atrapaban virutas y serrín, y sus bolsillos siempre albergaban herramientas para tallar.

Mamá se puso las manos en las caderas. Siempre olía a hierbas y a cocina. "Tenéis que dormir. Tenemos que empezar temprano, y no querréis estar demasiado cansados para disfrutar de todo."

Ward frunció el ceño, haciendo una mueca mientras consideraba el suelo de madera. "Sigo sin entender por qué no puedo tener una cama, para variar. Cada vez que vamos a algún sitio, Nina tiene una cama. Tú y Papá también. ¿Es mucho pedir que yo también tenga una?"

El ambiente desenfadado abandonó la habitación. El ceño de Mamá mostraba una tormenta de ira. Ward buscó ayuda en el semblante de su padre, pero éste negó con la cabeza y salió.

La voz de Nina sonaba pequeña y vulnerable. "Ward, puedes compartir mi cama".

"Ew, eso es asqueroso. Eres una chica. Además, te meas en la cama todas las noches".

Mamá jadeó. "Ward, eso es grosero. Discúlpate. Ahora."

Nina estudió su regazo, meciéndose como un metrónomo.

¿Por qué debería disculparme? Es verdad. Sólo porque intentas ocultarlo, lo sé. Huelo el hedor y veo las manchas. ¿Por qué disculparse por decir la verdad?

Bajo la mirada furiosa de Mamá, Ward suspiró. "Bien. Lo siento Nina". *Siento que te orines todas las noches.*

Papá regresó llevando una rama de árbol sazonada.

Mamá sacudió la cabeza. "Oh, mi marido, tú también deberías dormir."

"Lo haré, pero acabo de tener una idea ingeniosa".

"¿No puede esperar?"

Sacudió la cabeza, sonriendo a Nina. "No creo que pueda. Todos a la cama". Besó a Mamá. "Me reuniré con vosotros dentro de un rato".

Mamá apretó los labios formando una línea respingona. "No demasiado tarde."

Papá estudió la rama en su mano. "Prometido."

Fiel a su palabra, Mamá preparó una cama para Ward en un rincón de la habitación, cerca de la chimenea. Una vez que les dio las buenas noches a él y a Nina y se fue a la cama, Ward se acercó para observar a su padre. Papá tallaba la madera con movimientos seguros. Ward vio cómo fragantes astillas flotaban hasta el suelo, juntándose como hojas de otoño a sus pies. "Papá, ¿qué estás haciendo?"

"No estoy seguro de que funcione, pero si es así, ya lo verás mañana". Se concentró en su proyecto, pero luego hizo una pausa. "Dime, ¿quieres ayudar?"

"¡Sí!" Ward saltó para sentarse más cerca. "¿Qué quieres que haga?"

"Lija esto". La piedra de lijar le arañó los nudillos.

Hablaban en voz baja de las maravillas del Carnaval mientras las otras dormían. A Papá le pesaban los párpados. "Si vendo todo, ganaré suficiente dinero para pasar el invierno".

El fuego se apagó y Ward bostezó. "¿Va a ser un bastón corto?"

Papá dejó el proyecto a un lado y abrazó a su hijo. "Has sido de gran ayuda. Por la mañana veremos si hemos tenido éxito. Vamos a prepararte la cama otra vez. Duerme un poco, ¿vale?".

Mientras Papá echaba las sobras al fuego, Ward se acomodó en el nido de sábanas que Mamá había creado cerca de la chimenea. Por la mañana le saldrían ampollas en las manos.

Pero ayudé a Papá.

A pesar de sus quejas, Ward encontró el fuego hipnótico y el improvisado lugar para dormir confortable. Se quedó dormido y soñó con montar un circo de animales exóticos que caminaban sobre palos.

Capítulo diez:
Bastones y la perdición
de los lobos

A la mañana siguiente, en casa de Ward y Lillian, los bastones de Nina raspaban el suelo mientras ella golpeaba para colocar la taza en el fregadero. Mechones de pelo de lobo y manchas de sangre seca del altercado del día anterior estropeaban el pulido de los bastones.

Parece roble teñido. Me pregunto si Papá los hizo para ella.

El perfeccionamiento del diseño permitió que las muletas abrazaran los brazos de Nina por debajo de los codos. Los agarres tallados en la madera le proporcionaban un punto de apoyo y una forma de apoyarse, y las amplias bases daban estabilidad al errático paso de Nina.

Magistralmente elaborado. Mucho mejor que el conjunto que Papá y yo hicimos para el Carnaval.

~ ~ ~

Qué sorprendida se había quedado Nina cuando Papá se las dio. Cuando le enseñó a saltar y pivotar, utilizando las muletas como anclajes y soportes, Nina lloró.

"¡Nadie tiene que llevarme!"

Mamá la ayudaba a usarlos mientras Papá se acariciaba la barba incipiente de la barbilla, con el ceño fruncido por la concentración. Necesitaba trabajar para moverse, pero los palos le servían de apoyo.

Papá dijo: "No creo que sea seguro caminar por Carnaval todavía, y necesitarás usar zapatos, pero tal vez para el próximo año".

Mamá y Ward se turnaban para llevarla por la feria en un carrito, como hacían siempre, pero cuando llegaron a casa, hicieron que Nina se levantara y aprendiera por fin a andar. Se cayó muchas veces. Una vez se cayó un diente. Pero aprendió.

~ ~ ~

Tras depositar la taza, Nina cambió de peso y volvió al banco.

Mírala ahora. Papá estaría encantado de ver lo bien que funcionan estas muletas.

Señaló las muletas. "¿Quién te las hizo?"

Nina ladeó la cabeza, como un búho y guardó silencio por un momento. "Me los hizo mi Papá". Utilizó un paño de su mochila para limpiar los palos. La luz del fuego se reflejaba en el brillo fresco. "Él y ... mi hermano hicieron mi primer par con ceniza. Mi paciente madre me levantó las piernas y me enseñó a usar los músculos mientras mi Papá me enseñaba a colocar las muletas". Levantó la mirada como si quisiera que recordara.

Muleta, muleta. Pie, pie. Mamá arrodillada ante ella. Papá detrás. Nadie tenía tiempo para jugar conmigo. Pero, por Dios, pasaban horas con los ejercicios de Nina. Todos los días.

"Antes de eso, mi Papá me llevaba a hombros, como si fuera un cordero".

Aún lo hacía, cuando te ponías perezoso. "Toma, chico, lleva estas muletas. Tu hermana está cansada".

"Trabajábamos todos los días hasta que por fin mi cuerpo me hizo un poco de caso. A medida que crecía, Papá hacía nuevas muletas, acomodándolas a mi crecimiento. Refinó el diseño. Este par es el mejor. Son pesadas, de roble, pero fuertes". Frotó una mancha rebelde. Su voz se calmó. "Este es el último par que hizo antes de morir".

Me pregunto quién te hará muletas ahora, ¿eh?

Nina parpadeó rápidamente. "No sé qué haré si este par se rompe".

Capítulo once:

Imposiciones

Lillian señaló la única habitación que quedaba en la pequeña casa, su dormitorio, y dijo: "Debéis de estar agotados. ¿Queréis prepararos para dormir? Ward y yo insistimos en que ocupen nuestra cama, por favor".

Ward apretó los dientes hasta que sintió que el pulso le latía con fuerza en las sienes.

Nina negó con la cabeza. "Oh, no, no me impondré. Puedo dormir en cualquier rincón. Tengo mi capa. Estaré bien. Pero gracias".

"¡Tonterías! Además, estarás más cerca de Malcolm. Puedes ayudarle si tiene problemas por la noche, si no te importa".

Nina cerró los ojos, llamando la atención sobre la decoloración infligida por la edad, las bolsas y las líneas que los rodeaban. Se encorvó hacia la derecha y se movió en el banco de madera. Aunque muchos años más joven que él, Nina parecía mayor que Ward.

"Puedo dormir en el suelo cerca de la cuna del niño, si quieres asegurar que estoy disponible para su cuidado".

Lillian se arrodilló ante ella. "No, no lo entiendes. Insisto en que ocupes nuestra cama". Apeló con una mirada a Ward. "Insistimos en ello. Estás salvando la vida de nuestro bebé. Nunca podremos pagárselo. Lo menos que puedo hacer es ofrecer la hospitalidad adecuada".

Nina estudió sus muletas, con la mandíbula bien firme.

Reconozco esa mirada. Testaruda. ¿No te sales con la tuya, princesa? Bueno, mi esposa está tratando de renunciar a nuestro dormitorio para su comodidad. ¿Qué más quieres?

"Aprecio tu amabilidad, Lillian, y gracias. Sin embargo, no necesito desarraigaros a ti y a tu marido de vuestra cama. Debes estar cerca del bebé. Dormiré aquí, y si necesita ayuda, le ayudaré. En cuanto a salvarlo, eso está en manos de Dios".

Las lágrimas hicieron temblar la voz de Lillian. "Por favor, no podré dormir sabiendo..."

Nina puso una mano en el brazo de Lillian. "Aquí estaré bien. Descansa".

Lillian se secó las lágrimas y sacó ropa de cama limpia de un arcón. Ward le impidió quitar el colchón de plumas de la cama.

Susurró: "¿Qué haces?".

Me miró, con los orificios nasales encendidos. "Poner cómodo a nuestro invitado".

"¿Sobre qué vamos a dormir? ¿En las cuerdas?" Señaló las varillas tensoras del somier que sujetaban el colchón de plumas. "Sería incómodo. Además", tocó la ropa de cama limpia. "Esto debería hacer que nuestro...", hizo una pausa, considerando, "huésped... cómodo".

Le quitó las sábanas y entró en la habitación principal. Las puso sobre la mesa. "Al menos está elevado aquí."

"Ah, esto servirá bien. Gracias, Lillian. Ahora, por favor, no te preocupes. Me las arreglaré, y necesitamos dormir. Sospecho que Malcolm se despertará pronto para comer".

Lillian seguía preocupada por los arreglos para dormir. Ward intercedió. "Lillian, querida, la mujer ha dicho que todo va bien". Le tocó la nariz con un dedo, disfrutando de cómo la arrugaba. "Tienes que dormir un poco". La guió hasta su dormitorio, permitiéndole echar un último vistazo al bebé que dormía en su cuna, antes de empujarla. Ward se deslizó a su lado y rodeó su cintura con el brazo de Lillian. No tardó mucho en sumirse en un sueño sin sueños.

Capítulo doce:

Embrujada

Ward se despertó con el sol entrando por las contraventanas. Se estiró. *¿Dónde está Lillian? Cuna vacía. El delantal de Lillian ausente del gancho.*

Se balanceó mientras se ponía los calzones, y luego se puso la camisa por encima de la cabeza, dejando la pesadez del cansancio sobre el colchón.

Las salchichas y los huevos chisporroteaban, Nina les daba la vuelta con un largo tenedor mientras Lillian amamantó al Malcolm.

¡Malcolm amamantó!

Las dos mujeres conversaron amigablemente.

Nina puso un huevo en el plato. "Dale de mamar cada vez que puedas. Así absorberá tu fuerza. Por supuesto, eso significa que tú también debes hacer todo lo que esté en tu mano para mantenerte sano. Comer bien. Dormir. Bebe mucho tú también".

Lillian se rió, su sonrisa eclipsó las ojeras y el pelo lacio y le devolvió la belleza. "¿Como anoche?"

La espátula temblaba mientras Nina ponía salchichas junto al huevo. "A medida que se fortalezca, dormirá".

Lillian bajó la cabeza hasta apoyarla contra la del niño lactante. "Anoche fue horrible, ¿verdad?"

Nina se tambaleó hacia ella, el plato sacudiéndose con cada movimiento. "Mejorará, querida. Ya parece que ha recuperado el color". Dejó el plato junto a Lillian y se sentó en el banco, secándose la frente. "Come, querida. Y bébete todo el té. La comida fortalecerá tu sangre y el té te ayudará con la producción de leche. Recuerda, madre fuerte, hijo fuerte".

Lillian tanteó con el tenedor, inclinándose hacia el plato, pero la comida cayó a su lugar de origen en el plato. Lo intentó de nuevo sin probar bocado. Soltó una risita. "Esto de amamantar y comer es incómodo".

"Ya le cogerás el truco". Nina sonrió.

Lillian besó la parte superior de la cabeza de Malcolm. "¡Está amamantando! Mi niño bueno". Sus mejillas se llenaron de lágrimas. Intentó tomar otro bocado del plato, pero se le resbaló del tenedor de dos púas.

Nina la observó un momento antes de coger una manta. La enrolló en un cilindro torcido y la metió bajo el codo de Lillian.

Lillian probó otro bocado. Tuvo éxito. "Eso ayudó. ¡Haces milagros! ¿Podemos tenerte aquí para siempre?"

Ward se aclaró la garganta. "Estoy seguro de que sus servicios son necesarios en otra parte, Lillian, y probablemente eche de menos su hogar".

Su anuncio atrajo la atención de las mujeres.

Lillian apretó los labios. "Oh, Ward, me alegro de verte levantado. ¿Cómo pudiste dormir anoche?"

Ward tomó asiento, apartando los recipientes de hierbas para dejar sitio en la mesa. "¿Todo? ¿Qué ha pasado?"

"El bebé dio un vuelco. Gritó hasta que temí que muriera". Lillian frunció el ceño.

¿Como si fuera culpa mía?

"Nina le bajó la fiebre. Estuvimos despiertos toda la noche". Pasó un dedo por la mejilla chupada de Malcolm, con lágrimas frescas cayendo sobre sus oscuras pestañas.

Nina tiró de los frascos de hierbas hacia sí, acorralándolos con los brazos, y luego apoyó la cabeza en el borde de la mesa como si el esfuerzo la agotara.

Típico. Probablemente quiere que se las ponga en su maletín. Creo que no.

Ward dijo: "El desayuno tiene buena pinta. Nina, tráeme un poco, ¿quieres?"

Ambas mujeres se quedaron mirando, con la boca floja.

Ward se encogió de hombros. "¿Qué?"

Lillian dijo: "Ward, consíguelo tú mismo".

"¿Por qué? ¿Porque necesita muletas?" El calor le recorrió, recordando todas las tareas que había hecho porque Nina no podía. Las voces enloquecidas de sus padres resonaban en su conciencia. Agradece que estás sano y salvo, Ward. Sólo por la gracia de Dios. Recuérdalo. Cuidaos los unos a los otros. Respétense mutuamente'. *Cuídala. Respétala. Ni cuidado ni respeto por él.*

Nina se levantó, colocó sus muletas, raspó y se dirigió a la sartén.

Lillian, con los ojos entrecerrados y la cara enrojecida, la fulminó con la mirada. "No, Ward. Porque estuvimos despiertas toda la noche con el bebé. Mientras dormías, Nina manipuló a nuestro hijo. Lo mantuvo vivo".

Nina revoloteaba en su visión periférica, molesta como una polilla.

A Lillian se le encendieron las fosas nasales y se ruborizó aún más. Sacudió la cabeza, con los labios apretados en una fina línea.

Ward apretó la mandíbula y le sostuvo la mirada.

El caminar de Nina rompió el festival de miradas. Puso un plato delante de Ward. "No estoy aquí para causar problemas. Sólo quiero ayudar".

Estupendo. Ahora yo soy el villano. Ward frunció el ceño ante su plato. Salchichas y huevos, pan y mantequilla. La excelente jalea de saúco de Lillian.

Nina ha embrujado a mi esposa, igual que engañó a mis padres haciéndoles creer su impotencia hace tantos años. Engañó a toda la comunidad cuando éramos niños.

Capítulo trece:
Fiesta de la cosecha

Con la llegada de la cosecha, comenzaron las fiestas de otoño. Según la tradición, los niños de Wildesfield tallaban caras en los nabos. Colocaban velas en los huecos tallados para utilizarlas como farolillos. Ward y Nina dibujaron caras aterradoras en sus raíces para preparar las suyas.

Ward frunció el ceño. "El tuyo parece torcido, Nina".

Raspó las entrañas de su nabo en un cuenco. Mamá lo usaría para comida.

La mirada de Nina se posó en la verdura. Su mano tembló al coger el farol sin tallar. Se mordió el labio blanco mientras luchaba por estabilizar la mano, pero las líneas seguían siendo irregulares.

Mamá se limpió la harina de trigo de las manos en un paño. "¿Aún no habéis terminado vuestras linternas, queridos?"

Ward cogió un cuchillo de pelar. "Sólo tengo que tallar el mío. ¿Ves?"

"Oh, es muy bonito, Ward. Seguro que ningún demonio se acercará por miedo a una cara tan feroz". Le revolvió el pelo. "¿Y la tuya, Nina? ¿Cómo va?"

Nina empujó su nabo al suelo. "Este año no necesito una linterna".

Mamá se agachó bajo la mesa y salió con la obra de arte de Nina en la mano.

Ward frunció el ceño. "Vaya, Nina, qué desastre. Está todo garabateado".

Mamá ladeó la cabeza, pensativa. "Creo que tiene una cara interesante. Vamos a tallarla antes de que se ponga el sol. Sé que los vecinos han hecho unos dulces maravillosos". Su cuchillo atravesó la gruesa piel de cera con destreza y en pocos minutos Nina consiguió su linterna.

"Espera, Mamá, ¿no debería Nina tallar la suya?"

Mamá sonrió. "Oh, cariño, sólo estoy ayudando. No tenemos mucho tiempo hasta que empiece la fiesta".

Ward se esforzó por seguirle el ritmo, pero la destreza con el cuchillo de su madre superaba sus limitadas habilidades. Miró a Nina, pero ella no se dio cuenta. Su atención seguía fija en su linterna. Ward atravesó la piel blanca y morada.

Nadie me ayuda con mi trabajo, pero por supuesto Mamá ayuda a su preciosa Nina.

Empujó con la hoja. Su mano resbaló y estropeó el diseño. "¡Oh, no! ¡Lo arruiné!"

Nina soltó una risita. "¡Ahora está torcido como el mío!"

Ward apretó la mandíbula hasta que le dolió la cabeza.

Mamá apoyó una suave mano sobre la suya. "No está estropeado en absoluto, Ward. Su sonrisa es más amplia, eso es todo. Eso permitirá más luz. Ya verás".

Ward luchó contra las lágrimas. *No quiero que se parezca al de Nina.*

Mamá cogió unos candelabros y los colocó dentro de las verduras. "¿Recuerdas tus canciones?"

Nina asintió y cantó. Su voz era temblorosa, inestable a causa de la disartria.

Suena como un pájaro moribundo.

Mamá aplaudió. "Bien hecho, Nina". Dirigió su mirada oscura hacia Ward, con las cejas levantadas.

"Conozco mi canción".

"¿Puedo oírlo?"

Ward se encogió de hombros. Por supuesto que conocía su canción. Ward esperaba con impaciencia la fiesta de otoño durante todo el año. Los vecinos daban golosinas a los niños del pueblo para que cantaran. Después de recogerlas, la comunidad se reunía en la plaza del pueblo para hacer una hoguera y ahuyentar al diablo y sus demonios.

"¿Por favor? Me encanta tu voz, hijo".

Ward suspiró. Cantó: "La luna de la cosecha brilla en lo alto, iluminando las hojas moribundas como la sangre. Ovejas seguras reunidas en sus corrales, el tiempo más frío comienza de nuevo. Antes de que el Viejo extienda su escarcha, una golosina echada en esta marmita, alegrará los tiempos más fríos". Se inclinó y tendió una olla hacia su madre.

Mamá aplaudió y Nina rebotó de placer. "Ward es un gran cantante, ¿verdad Mamá?"

"¡Lo es, en efecto, Nina! Ward, tu voz es tan clara como un arroyo. Seguro que recoges las mejores golosinas". Encendió las velas y le entregó las calabazas a Ward.

Ward cogió el suyo y levantó la olla. "No puedo cargar con todo esto, Mamá, y con la calabaza de Nina también". Entrecerró los ojos mirando a su hermana. "¿Dónde está su olla?"

Mamá besó la frente de Ward, sus cálidas palmas ásperas contra sus mejillas. "Mi galante caballero, debes recoger las golosinas de tu hermana en tu olla". Le abrió la mano y le puso el segundo nabo en la palma. "Ves, puedes con los dos, ¿verdad, querido?"

"¿Por qué debería? Quiero decir, ¿por qué Nina no lleva la suya, y su propia olla también?".

Mamá lo condujo al pasillo donde colgaban sus capas. Sus suaves facciones se endurecieron en líneas severas. "Ward, tu hermana necesita tu ayuda. Yo necesito tu ayuda. Por favor, sé un caballero".

Su respiración se aceleró y un rubor subió a sus mejillas. "Bien. Para ti, Mamá". *Pero ni siquiera es mi verdadera hermana.*

Le besó la cabeza mientras le ceñía la capa al cuello. "Gracias, mi querido hombrecito. Recuerda, no camines demasiado rápido o Nina no podrá seguirte".

Miró al suelo. *Siempre Nina. Cuida de Nina. Ayuda a Nina. No camines demasiado rápido ni la dejes fuera de los juegos.*

"Tu padre y yo nos reuniremos contigo en la hoguera cuando termines tu excursión. Cuídense. Y mantente alerta por si vienen lobos".

Volvió a besarle. Olía a pan de trigo y galletas azucaradas. Inhaló, cerrando los ojos, y añoró los viejos tiempos antes de que Nina invadiera su hogar.

Capítulo catorce:
Hermano mayor

Ward se apresuró por los senderos, pateando hojas en remolinos. Nina le perseguía, pero el sonido de sus muletas se iba haciendo más silencioso a medida que sus hábiles piernas la superaban. Los compañeros de clase hacían cabriolas por delante. Ward se apresuró a alcanzarlos.

Sofía sonrió al verle acercarse.

El corazón de Ward se le aceleró al verla. Su pelo brillaba a la luz de la luna. *Apuesto a que es suave como las plumas de plumón. Ojalá pudiera tocarlo.*

"¡Hola, Ward!" La "W" de su nombre forzó sus labios en un beso. *Dulce como pétalos de flores.* "¿Dónde está Nina?"

Todo el aire le abandonó. *Nina. Siempre Nina.* Pateó una bellota contra el tronco de un árbol, satisfecho cuando se hizo añicos. "Ya viene".

Se estrelló contra el claro, el sudor resbalaba por sus mejillas a pesar del aire fresco. Sofía se apresuró a abrazar a Nina. "¡Me alegro tanto de que hayas venido! ¿Puedo ayudarte a llevar tu olla?"

Nina se dobló, con los codos en alto y los costados agitados. Tragó aire con los labios abiertos. Se enderezó. "Ward lo tiene".

La brillante mirada de Sofía se mostró, con una sonrisa de admiración en los labios. "¡Eres un gran hermano! ¿Puedo llevar el Jack de Nina? Tienes las manos ocupadas".

Se sonrojó por el cumplido. Agachó la cabeza y el pelo le cayó sobre la cara.

Murmuró: "Puedo arreglármelas".

Ojalá, Sofía me mirara así el resto de mi vida.

El grupo se puso en marcha. Sofía y un grupo de chicas seguían el ritmo de Nina. Ward y los chicos daban vueltas y gritos a su alrededor, como una manada de perros que rodea a sus amos. Cantaron y recogieron golosinas, pero la parte de Nina creció más que la de Ward. *¿Por qué? Parece una cabra que se queja. La gente debe compadecerse de ella. Pobre chica lisiada.*

Sofía puso una mano en la muñeca de Ward. "¿Puedo ayudar?"

Ward se sobresaltó. La piel le hormigueaba donde Sofía la tocaba. "¿Ayudar cómo?"

La suave sonrisa de Sofía hizo que Ward sintiera un escalofrío. "Puedo llevar algo. Muchas manos hacen cargas ligeras".

Sus brazos extendidos brillaban pálidos como huesos. Aceptó un nabo con una sonrisa.

La hoguera del pueblo lanzaba chispas al cielo, perfumando el aire como rituales primigenios de días pasados y recordados generacionalmente. Compartieron historias de parientes que se habían ido al cielo y jarras de sidra de cereza caliente hasta la hora de acostarse. Ward, con las piernas cansadas, se adelantó a sus padres y a su hermana y regresó a casa con el recuerdo imborrable de la mano de Sofía y de su sonrisa.

Su familia avanzaba con una lentitud enloquecedora. Se puso flácido de hombros y gimoteó: "Deprisa. Estoy cansado".

El cuerpo de Nina se balanceaba al acercarse. Sus pies arrastrados dejaban surcos poco profundos en el camino, con las hojas pegadas a su dobladillo. Mamá sujetaba un brazo, Papá el otro. La olla tintineaba en las manos de Mamá. Había accedido a llevar a casa su botín.

"Dios mío, habéis recogido un montón de golosinas. Habréis cantado como los ángeles".

Ward se rió. "¿Te acuerdas de nuestra mula? ¿Clyde? ¿La que se comieron los lobos porque recogimos a Nina?". Se rió ante sus expresiones de sorpresa. "Bueno, Nina sonaba como él cuando tenía hambre". Se levantó de un salto para arrancar algunas hojas de una rama baja, disfrutando de la forma en que la vegetación le rozaba la cara al pasar. *Suave y gentil, como los dedos de Sofía.*

Cuando llegaron a la casa, abrió la puerta de par en par y entró, satisfecho, como un príncipe a punto de convertirse en rey. Se quitó las botas sucias y fue a por agua antes de que el resto de su familia entrara.

Sofía me quiere. Estoy seguro de ello. Incluso sabe que soy un gran hermano.

Capítulo quince:
Comparaciones

A Ward le encantaba la forma en que el pelo de su esposa Lillian se deslizaba entre sus dedos como seda fina, suave y fresca. Sus pómulos altos y su nariz de fino puente no se parecían a nadie de su antiguo pueblo, ni siquiera a Sofía, su primer amor. Sofía, de mejillas rubicundas y rasgos suaves y redondeados, le recordaba a una barra de pan casero. Cumplidor y satisfactorio, pero no exótico ni fino.

Lillian poseía gracia. Su familia emigró al norte desde un valle fluvial templado. Temblaba bajo capas de lana y gruesas mantas cuando llegaba el invierno. Le dolían las manos y los pies, y su delgada figura se encorvaba para conservar el calor.

Antes del nacimiento de Malcolm, le había dicho: "No estás hecha para esta zona, mi amor. Tu sangre es demasiado delgada, y no tienes las reservas de grasa necesarias. Volvamos a tu familia". *Lejos de la mía. No tengo lazos aquí.*

Su sonrisa encerraba misterios. "No podemos. Este es mi hogar ahora".

Añadía las hierbas a los guisos con delicadeza. Sus caldos parecían translúcidos en lugar de sustanciosos. La gruesa corteza de sus panes protegía un interior suave y blanco.

Ward se deleitaba con las diferencias entre su exótica esposa y las hogareñas damas locales, pero recordar a Sofía le producía nostalgia.

La risa de Sofía había sonado como resortes brillando sobre cuarzo. La dulzura de sus ojos inspiró a Ward a estar a la altura de la imagen que ella tenía de él. Por el bien de Sofía, había llevado los libros de Nina al salón de clases. Después de la cosecha, había hecho ademán de recoger papeles para su hermana adoptiva, deleitándose con la aprobación de Sofía.

En invierno, los músculos de las piernas de Nina se acalambraban hasta formar nudos visibles debajo de las rodillas. El dolor le revolvía el estómago y faltaba a clase. Ward le comunicó las clases perdidas y Sofía le acompañó a su casa como tutora de Nina. Él había hinchado el pecho cuando Sofía le puso la mano en el pliegue del brazo. Había charlado sobre las estaciones y la cosecha. Compartió tarros de mermelada y cubos de mantequilla.

Había paseado, saboreando el tiempo a solas con Sofía, porque en cuanto llegaron a su casa, Nina reclamó atención. Sofía lo abandonó y se sentó junto a Nina. Con cuidado, le explicó lo de las clases perdidas. Las niñas se reían con las gruesas rebanadas de pan de nueces que Mamá les ponía delante mientras Ward miraba desde un rincón. El pan se había convertido en migas al masticarlo, resentido por la intromisión de Nina en su tiempo con Sofía.

Con la primavera, Papá preparó un carro nuevo para llevar a Nina por los caminos embarrados hasta la escuela. Compraron una mula nueva, una mula hembra blanca a la que Ward llamó Starshine después de que sus padres rechazaran el primer nombre que sugirió: Clydine. Ward guiaba al animal mientras Nina descansaba. Ella se estremecía con cada golpe, lo que enfurecía a Ward. Detuvo a Starshine y pisó fuerte hasta donde Nina estaba reclinada en el carro. El barro salpicaba con cada pisada. Solo en el bosque y con un largo camino por recorrer antes de llegar a la escuela, Ward se enfrentó a Nina. Apoyó los puños en las caderas e intensificó un ceño fruncido ante el que ella se encogió.

"¿Qué pasa, Ward?"

"Sabes, me estoy cansando de esto, Princesa. Todos actúan como si fueras un tesoro, pero ¿sabes qué? Estoy cansado de que seas tan perezosa. Levántate y camina tú misma si vas a quejarte de los baches. Yo no hice el camino. ¿Adivina qué? Me duelen los brazos y la espalda de tirar de tu peso. ¿Ves al hermano de alguien más tirando de él en un carro? No. Pero aquí estamos".

Sus gritos se impusieron a sus arrulladoras disculpas. Las lágrimas corrían por su rostro y le tendió la mano a él.

"Lo siento, Ward"

De delante llegaban jadeos. Ward se giró y se quedó inmóvil. La mirada boquiabierta de Sofía le decía que ella y varios compañeros lo habían oído todo.

A partir de entonces, Nina se negó a ir a la escuela y suplicó a Mamá que le enseñara en casa.

Sofía desairó a Ward, incluso negándose a conversar, hasta que se casó con su antiguo amigo Joseph.

Nunca me dejó explicarle lo que pasó. Me culpó a mí. Nunca nadie culpó a Nina. Todos siempre me culpan a mí.

Miró fijamente a la mujer tullida y adulta en su cabaña. Los ojos de Nina ardían de cansancio, y Lillian le trajo una taza de leche caliente. Nina palmeó la mano de Lillian, con voz grave.

"Gracias, Lillian. Por favor, intenta descansar. Sospecho que tu Malcolm necesitará atención pronto". Sonrió hasta que se le formaron hoyuelos en las mejillas, sin duda encantando a Lillian del mismo modo que encantaba a todos los demás.

No me extraña que te hicieras bruja. Los hechizos te salen naturalmente. Apuesto a que por eso tus verdaderos padres te abandonaron a los lobos. Sabían del poder maligno que ejerces sobre la gente.

Como si percibiera los pensamientos de Ward, un viento salvaje arrastraba cantos de lobo, haciendo sonar la ventana. Malcolm se despertó con un sobresalto y un grito.

Capítulo dieciséis:
Recompensar a los elfos

Ward se paseaba con Malcolm como un bulto caliente sobre el hombro. Los lamentos del niño le retumbaban en la cabeza, dificultándole el pensamiento coherente. Saltó, sintiendo cómo la cabeza de Malcolm se balanceaba con el movimiento, y acarició la espalda del niño.

Se sobresaltó cuando una mano fría le tocó el codo. Nina extendió los brazos hacia el niño chillón, con una sonrisa borrosa en los labios.

"Probablemente estés cerca de la sordera. ¿Me permites un turno?"

La vacilación de Ward duró sólo un momento. "Gracias. Creo que mi cerebro se está volviendo papilla".

Nina resopló. "El cerebro blando no le sirve a nadie". Se acomodó en la mecedora cerca de las llamas, con Malcolm tumbado boca abajo sobre su regazo. Se calmó. Nina le frotó la espalda con pequeños círculos. "La clave es mantener la presión sobre su vientre". Cubrió a Malcolm con la manta del bebé.

Ward parpadeó al recordar el consuelo de Nina después de una pelea. Los colegiales habían jugado un partido de recogida, pero cuando el equipo de Ward ganó, estalló una reyerta. Todos se amontonaron y Ward cayó al fondo del montón. Las narices ensangrentadas goteaban sobre su ropa. Sus botas se rasgaron bajo la presión de una roca. Sus padres se cruzaron de brazos, decepcionados.

Mamá negó con la cabeza. "Sabes que no debes pelear en la escuela. Y el daño". Le metió el dedo por los pantalones rotos. "Irresponsable, Ward."

Mamá se quejó mientras intentaba sin éxito reparar los daños en su ropa. Su padre se dirigió a su mesa de trabajo sin decir palabra ni mirar atrás, dejando que Ward se curara sus propias heridas. Nina le hizo descansar, limpiándole las heridas mientras ocultaba sus sentimientos heridos. Su falda había absorbido sus lágrimas silenciosas y preocupadas mientras le frotaba la espalda con suaves círculos, como los que calmaban a su hijo mientras Ward miraba.

Su voz le sacó del recuerdo. "Pequeño Malcolm, déjame contarte una historia que quizá te guste sobre una familia trabajadora que pasó por malos momentos". Su voz de contralto bailaba por encima del crepitar de la chimenea, hipnótica como las llamas.

"El hombre fabricaba zapatos, pero sólo tenía dinero para una última pieza de cuero. Recortó el patrón, pero la tristeza se apoderó de él y se quedó dormido en su banco de trabajo". Su pelo se soltó del moño mientras se mecía, curvándole la cara. "Lo que él no sabía era que los elfos vigilaban a la pareja. Cuando el hombre se durmió, los elfos usaron sus ágiles dedos para completar lo que él había empezado".

Ward se rascó la barba incipiente que le crecía en la barbilla. "Recuerdo esa historia".

Nina asintió y continuó. "Cuando el hombre despertó, los zapatos resultantes le encantaron. Un noble que pasaba por la calle los vio y, encantado por las perfectas y diminutas puntadas y el fino trabajo de los zapatos, los compró. El hombre utilizó el dinero de la venta para comprar cuero para más zapatos. Cada noche, recortaba los patrones y sus amigos invisibles los duendes construían astutas creaciones buscadas por la nobleza. Pronto, el hombre y su esposa ganaron lo suficiente para pasar cómodamente el resto de sus días".

"Seguro que sería bueno tener esa ayuda, ¿eh, Nina?"

La parpadeante luz del fuego transformó su rostro en líneas secretas. La esposa abrazó a su marido contra su pecho y le preguntó: "¿No podríamos pagar a nuestros benefactores por sus contribuciones?". La pareja se escondió esa noche para espiar y observó a los elfos en su trabajo. Por la mañana, la esposa dijo: "¿Te has fijado? Les haré ropa fina para agradecérselo". Su marido estuvo de acuerdo. Cuando los elfos vieron el regalo de agradecimiento, se pusieron la ropa y salieron bailando de alegría de la tienda y se alejaron de la pareja para siempre".

Malcolm dormitaba en el regazo de Nina, con los dedos entrelazados en su desgastado chal de ébano.

Ward se esforzó por tragar un nudo que se le había formado en la garganta. Su bebé, tan pequeño, tan frágil, sostenido por una mujer más delicada que la cáscara de un huevo. "Nina, serías como la esposa del zapatero, ¿no?"

Una media sonrisa arrugó sus mejillas. Se pasó la mano desocupada por la frente, liberando más mechones de pelo plateado que caían en cascada sobre sus delgados hombros. "¿Qué quieres decir?

Ward ladeó la cara para estudiar los planos de su perfil. "Harías ropa para los elfos, aunque eso significara que se marcharían y no volverían a ayudar a tu marido". Se aclaró la garganta. "O a ti. Si los elfos no te ayudaran".

"Supongo que sí". Se encogió de hombros. "Los elfos merecían un reconocimiento por su trabajo".

Ward se levantó de la silla y cogió a Malcolm con movimientos lentos y suaves. Dejó al bebé en su cuna y cerró la puerta con un silencioso chasquido. Aunque había transcurrido poco tiempo, cuando Ward regresó, Nina dormía sentada en la cama provisional encima de la mesa. Ward cogió una manta, la envolvió sobre los hombros de su hermana y la colocó en decúbito prono. Le apartó el pelo de la cara.

Es mucho más joven que yo, pero por su aspecto, nunca lo adivinarías.

Salió sigilosamente a su taller y eligió un robusto trozo de roble para su nueva idea de proyecto.

Capítulo diecisiete:
Lobos en el portal

Como el protagonista de los duendes y el zapatero, Ward se quedó dormido en su banco de trabajo. Las virutas de madera acolchaban su cabeza mientras soñaba.

~ ~ ~

La oscuridad cubría el bosque que rodeaba la casa de Ward. Patrulló la valla, asegurándose de que la madera seguía siendo impenetrable. Su diligencia reveló una mano de obra fuerte y materiales sólidos. Aun así, se le puso la carne de gallina en los brazos y sintió escalofríos en la espalda. El viento traía el olor de una tormenta que se avecinaba. Peor aún, las llamadas primitivas resonaban entre los árboles.

Escondidos en el bosque, los lobos aullaron y respondieron, y luego la manada se unió en un coro de aullidos.

Desde el interior de la cabaña, su hijo lanzó un grito aterrorizado.

Ward se apartó de la verja a medida que se acercaba el canto del lobo. La verja se abrió, golpeando contra sí misma con estrépito.

¡No!

Ward se lanzó hacia delante para cerrarla. Sus piernas, ralentizadas por el miedo, se sentían pesadas como troncos de árbol, dificultando el avance. Emergiendo de entre los árboles, aparecieron lobos, gruñendo. Sus ojos brillaban dorados, reflejando la luna llena, cargada de cosechas. Se quedó inmóvil, fascinado por su belleza mortal.

Una suave mano en su hombro le hizo dar un respingo. Una voz suave le susurró al oído: "Ward, aléjate. Cierra la puerta. Ahí está mi buen chico".

"¿Mamá?"

Se dio la vuelta, pero en lugar de su madre encontró a su hermana Nina. Estaba recostada en una camilla, con las piernas tullidas torcidas en ángulos antinaturales. Su rostro brillaba pálido y dolorido a la luz de la luna.

Los lobos se escabulleron de la arboleda, acercándose a la valla. Sus barrigas arrastraban el suelo y sus gruñidos retumbantes le hacían pensar.

Podría correr. Llegaría a la puerta.

Nina apoyó la cabeza y cerró los ojos oscuros. Respiraciones superficiales hacían que su pecho se elevara con errática rapidez.

Pero ¿cómo puedo llevar a Nina a casa? No puede caminar sola. Si tiro de ella, seguro que nos devoran a los dos.

Los llantos del bebé sonaban lejanos, un aliciente para apresurarse a volver a casa.

Los músculos bajo el pelaje de los lobos se tensaron y ondularon, preparados para saltar.

Si la dejaba aquí, sería una distracción. Los lobos la atacarían lo que me permitiría escapar.

Como si oyera sus pensamientos, Nina dijo: "Déjame, Ward. Sálvate a ti mismo".

Toda su vida le dijeron que protegiera a su hermana. Le dolían las rodillas de correr. Se pasó una mano por el pelo y miró a su hermana indefensa desde la puerta abierta. En la ventana de la cabaña, su esposa sostenía al bebé, observando cómo se desarrollaba el drama.

¿Cómo se alejó tanto la casa? Necesitaré todas mis fuerzas para escapar. El bebé golpeó el cristal de la ventana. *¿Qué clase de ejemplo le estoy dando a mi hijo?* Su esposa pronunció su nombre. *¿Me respetará mi esposa cuando esto acabe?*

Los vientos arreciaron y trajeron los primeros fríos y cortantes embates de la lluvia.

Los lobos gruñeron y se abalanzaron, golpeando el suelo como si atronaran sobre aguas violentas. Ward observaba, fascinado por el avance a cámara lenta. El pelaje gris y negro se deslizaba a medida que se acercaban para matar.

Voy a morir por mi propia indecisión.

Las nubes se apartaron de la cara de la luna. A la luz plateada, la madre de Ward estaba de pie. La lluvia le pegaba el pelo al cuero cabelludo y le obligaba a llevar la ropa pegada. Las lágrimas se mezclaban con la precipitación y una resolución marcaba su mandíbula en líneas obstinadas. Hundió la barbilla antes de empujar la entrada. La puerta se cerró de golpe. La cerradura de hierro encajó en su sitio.

¡No!

Chasquidos y gruñidos se mezclaban con sus chillidos. Los desgarros agonizaban. La lluvia los abandonó, amplificando los sonidos de la muerte.

Nina sollozaba y temblaba, acurrucada en sí misma como un recién nacido. "Mamá".

Ward giró sobre su hermana y se cernió sobre ella. Su agarre de la camisa rasgó la tela. "¡Es culpa tuya! Estaría viva si no fuera por ti".

Nina retrocedió, se hizo un ovillo y gimió.

Le picaba la piel y respiraba entrecortadamente. Su sombra tapaba la luna, sumiendo a Nina en la oscuridad.

Su voz retumbó profunda como un trueno, primaria como un gruñido. "Te odio".

Le dolían las articulaciones como si le hubieran estirado. La rabia se apoderó de él y golpeó su cama. Ella rebotó, indefensa. Temblando, luchando por controlarse, se sacudió y se apartó.

Se hurgó en la piel, decidido a aliviar el ardor que sentía bajo ella. Escamas de epidermis cayeron a sus pies, trozos descuidados despojados para revelar que bajo la piel desprendida crecía una piel de pelo enmarañado y ensangrentado a lo largo de sus brazos, sus piernas, su estómago. Algo oscuro goteaba de sus manos, haciendo cosquillas al caer al suelo. Se lo untó en las uñas, gruesas como cuernos y afiladas como garras. Un olor metálico le hizo rugir el estómago. Su lengua bailó sobre dientes afilados como dagas mientras se lamía entre los dedos. Sangre. Salada. Metálico. Hogareño como la miel.

Saltó hacia su hermana. Tenía los ojos desorbitados, sin pestañear, reflejando la gloriosa luna que dominaba el agitado cielo nocturno. Manchas oscuras a lo largo de su garganta empapaban su pelo alborotado y su ropa hecha jirones.

¿Lo he hecho yo? ¿Soy responsable?

Los lobos le llamaron. Sus voces corrieron por sus venas, reverberando en ecos de respuesta. Apretó los labios sobre los dientes alargados.

Un parpadeo atrajo su atención hacia la casa. La luz del fuego proyectaba sombras sobre su esposa, un muro de oro, carmesí y naranja que consumía el interior de la casa que había construido. Caminó hacia su familia, disfrutando del silencio de su progreso.

Lillian lanzó una temblorosa advertencia. Su boca se contorsionó con la palabra. "¡Aléjate!"

Se encorvó sobre el bebé y se apartó de él, con un brazo estirado hacia él para impedir que se acercara. El terror se reflejaba en las facciones de ambos.

La voz de Ward sonaba gruesa como un gruñido. "¡Alto! ¡Hay fuego!"

Su esposa se retiró más lejos de él, sin prestar atención al hambre de las llamas, más aterrorizada de él que de la muerte danzante que consumía la madera. Saltaron de la madera a la carne, las llamas tan voraces como los lobos que aullaban en busca de atención.

Lillian entró en pánico, se revolvió y abofeteó a su bebé chillón para apagar las llamas. "¡No! ¡No! ¡Por favor!"

El fuego consumía, despiadado.

Los gritos desesperados de Lillian y Malcolm se mezclaron con los de los lobos. Asqueado por el hambre generada por el olor de su carne chamuscada, Ward atravesó la puerta misteriosamente abierta para unirse a la manada   .

~ ~ ~

Ward se despertó sobresaltado. El aserrín se le pegaban a la mejilla sudorosas y se le enredaban en el pelo. Se le llenó la cara de lágrimas. Salió dando tumbos para vomitar detrás de los arbustos.

A diferencia del protagonista de los duendes y el zapatero, nadie había terminado su trabajo por él.

Capítulo dieciocho:
Con ropa de clérigo

Se estiró, rígido por estar encorvado sobre la mesa de trabajo, y se esforzó por eliminar de su mente las imágenes del sueño. Se pasó una mano temblorosa por la boca sucia. El frío le puso la carne de gallina en los brazos cuando se apresuró a entrar en su casa.

La domesticidad le dio la bienvenida. Malcolm estaba tumbado boca abajo sobre una piel de oveja ante el fuego, bateando hacia un sonajero que estaba fuera de su alcance. Nina se acurrucó en la mecedora, tarareando una nostálgica melodía. La sopa burbujeaba en un caldero y una tetera humeaba sobre la mesa.

Lillian se apresuró a abrazarle, tirando de él hasta el umbral con besos. "¡Está mejor, Ward! No llora. Mírale. Está jugando. Jugando de verdad". Sus lágrimas mojaron sus mejillas mientras él la apretaba. Su delgado cuerpo se fundió con el de él. Le apartó un mechón de pelo de la cara y admiró la perfecta simetría de sus rasgos.

Ella dijo: "Es el Día de la Adoración, ¡y no se me ocurre un momento en el que prefiera dar gracias! Por favor, vamos al servicio".

"Parece un plan maravilloso. Nina, ¿puedes abrigar a Malcolm? Afuera hace frío".

Lillian volvió la cara hacia la suya. "Oh, Ward, eso no es prudente. Aunque está mejor, tiene que curarse más hasta que esté lo bastante fuerte para ir al pueblo. Nina dijo que se quedaría con Malcolm para que podamos dar las gracias".

Ward sintió que se le agarrotaba la espalda. Nina acercó el sonajero a Malcolm y el bebé arrulló. *Lo ha mantenido a salvo hasta ahora, y los servicios terminan antes de la hora de comer*. La tensión de la preocupación retrocedió.

"Prepárate, entonces. Tendremos que darnos prisa para ver el principio".

Lillian aplaudió y entró corriendo en su habitación. Él la siguió a paso más lento.

"Lo mantendré a salvo, Ward. Es un niño encantador, la viva imagen de ti". Una suavidad adoradora transformó su agotamiento en alegría. "Tanto amor". Se secó las lágrimas con dedos temblorosos. Se mordió el labio inferior para que dejara de temblar. "Por favor, añade mis oraciones de agradecimiento por este milagro". Tragó saliva. Se le escaparon lágrimas de los ojos entornados. "Te prometo que lo mantendré a salvo".

Como si leyera mis pensamientos. Otra vez. Es extraño. Alargó sus zancadas, dejando atrás a su hermana y a su hijo.

Lillian se ató las mangas y se colgó un collar al cuello. Ward se lo había tallado en pino blanco como regalo de bodas. Representaba a un hombre y una mujer, una imagen tosca de los dos, cogidos de la mano. La pareja rebotó contra la tela casera de su vestido mientras ella se calzaba los zapatos. Se echó perfume en la muñeca, una afectación de su tierra natal que los aldeanos encontraron extraña, pero que hizo que Ward se encariñara aún más con ella.

Se cambió el top y los calzones antes de cepillarse las virutas de madera del pelo. "Necesitarás tu capa, mi amor".

"Oh, sí", soltó una risita y cogió el suyo también. "Listo."

Al salir, Ward le preguntó: "¿Estás segura de que te parece bien quedarte? ¿No será demasiado para ti?".

Nina se enderezó hasta alcanzar su estatura completa, lo que la dejaba media cabeza más baja que la diminuta Lillian. "No te preocupes. Cuidaré de Malcolm como si fuera de mi propia familia". Esbozó una sonrisa diminuta y reservada.

Ward se quedó con la boca abierta. Lillian tiró de su brazo. "Llegaremos tarde si no nos ponemos en marcha, Ward".

Besaron a su hijo. Lillian palmeó el hombro de Nina como agradecimiento, y se pusieron en camino.

El sol brillaba como caminos de oro sesgados a través del ardiente follaje. Una brisa inusualmente fresca le alborotó el pelo, tiró de las trenzas de Lillian y le subió el color a las mejillas. Ward le estrechó la mano, satisfecho por su suavidad.

Soy un buen marido. Mantengo a mi familia a salvo.

En el exterior de la iglesia se agolpaba una multitud, la gente se daba la mano y se arremolinaba antes de la llamada al culto, todos vestidos con sus mejores galas. Los niños jugaban entre las piernas de los adultos, gastando energía antes de sentarse para los sermones y las lecciones. Ward daba palmadas en la espalda a las clientas y les preguntaba por sus medios de vida, mientras Lillian, una columna de aplomo, inclinaba la cabeza hacia las vecinas y preguntaba por las familias. Muchas de las mujeres la rodearon, pero ninguna preguntó por Malcolm hasta que Grandy Blicken le cogió la mano.

"¿Cómo está tu chico, querida?"

Ward asintió con aparente cortesía al panadero del pueblo, pero se esforzó por oír la respuesta de su esposa. Estaba radiante cuando le habló de la recuperación de su hijo.

"Nina de Wildesfield lo ha salvado. Lo ha cuidado con infusiones de raíces, y por fin parece que se recupera".

La esposa del herrero, Mary Alberts, frunció el ceño, pero dijo con voz demasiado dulce: "Si está bien, ¿por qué no lo has traído contigo?".

Lillian cogió la mano de Mary, pero la mujer retrocedió, con el rostro torcido por el desagrado. Lillian bajó los ojos para apaciguarla.

Mi esposa siempre es amable, pero esa mujer Alberts la trata mal.

Lillian bajó la cabeza, grácil como una cierva. "Aún está débil y susceptible. Venimos a alegrarnos y le traeremos en cuanto esté más fuerte".

El rostro de Mary se endureció. "Debería pensar que este sería el lugar para fortificarlo".

¿Cuál era el problema de la esposa del herrero?

Lillian se acercó a ella. "Por supuesto que tienes razón, y consideré traerlo, pero tiene mucho que recuperarse. Todavía es muy pequeño, y tenía miedo..."

"¿Temes que pueda morir?" Una lágrima rodó por el rostro escarpado de Mary. Su voz se volvió estridente. "¿Acaso la muerte no forma parte del plan del Creador? ¿Quién eres tú, entonces, para interferir? El niño debería estar aquí".

Grandy Blicken se interpuso entre las mujeres. "Ahora Mary, Lillian no quiso causar ningún daño."

Las fosas nasales de Mary se encendieron. "¿No es así?"

"¡Oh, Mary!" El rostro de Lillian, ya de por sí pálido, palideció. De nuevo se acercó a Mary, con lágrimas en los ojos. "Lo siento mucho. Lo he olvidado. ¿Tu bebé?"

Con un movimiento feroz, Mary se dirigió hacia el cementerio.

Lillian se quedó inmóvil, con la mano en el cuello de la camisa, mientras observaba cómo la mujer desaparecía de su vista. Los espectadores fingían participar en otras conversaciones mientras escudriñaban a Lillian y Mary, un drama de maternidad y pérdida. Grandy Blicken tocó la manga de Lillian.

"Lo siento, querida. No quería causar roces. Todavía duele, perder a su pequeño, y no creo que la pobre mujer sepa cómo lidiar con su dolor".

La cabeza de Lillian se inclinó, su voz diminuta. "Y aquí estoy, alardeando de la recuperación de mi hijo".

"No vi ningún alarde, sólo alivio y agradecimiento". Grandy se excusó y entró en la iglesia.

Otras personas reanudaron sus bromas, como si esperaran llenar el vacío dejado por la precipitada retirada de Mary. Unos pocos felicitaron a Lillian.

Ward dejó de hablar de negocios para ponerse de centinela junto a su esposa. Algo no iba bien, como un cambio en el barómetro que predijera la llegada de una tormenta.

Con los ojos bajos, Lillian susurró a Ward: "Me pregunto por qué se retrasan los servicios".

Cuando por fin sonaron las campanas, Ward guiaba a su sombría esposa hasta el lugar de culto. Se sentaron en los bancos que él había tallado años atrás en madera local. Ward hundió un dedo en una rosa tallada en el respaldo del banco. Los suaves trazos giraban con pericia y destreza. Ward recordó las instrucciones de su padre. Empezó trazando las formas y luego las dibujó sobre la madera. Practicó el patrón repetido, rosas atrapadas en la hiedra, hasta que pudo grabarlas sin pautas. Cuando Ward tocó las flores, fue como calcar la sonrisa orgullosa de su padre.

Papá, ojalá pudieras ver a Malcolm. Es increíble. Apuesto a que será tan buen carpintero como tú.

La voz melodiosa de Lillian, que se alzaba en alabanza, atrajo la atención de Ward. Añadió su tenor, sabiéndose la letra de memoria.

Al terminar la canción, el ministro se tiró de las mangas. Sus pisadas resonaron mientras ocupaba su lugar ante la congregación.

"El mal es insidioso". Se aclaró la garganta y cuadró los hombros. "El mal se cuela en nuestras vidas por caminos inesperados. Lo que parece inocencia puede ser en realidad un vals con orgullo".

Dio un golpecito a su libro. "Nuestras enseñanzas nos dicen que existe un plan divino, pero a veces nuestro orgullo interfiere. Buscamos nuestros propios caminos, nuestras propias conclusiones. Por ejemplo, podemos utilizar métodos cuestionables para lograr el resultado que deseamos sin tener en cuenta los deseos del Todopoderoso. Por dolorosa que pueda ser la vida, estamos llamados a resistir, sabiendo que no debemos confiar en nuestra obstinada justicia propia, sino en la divina".

La gente se movía en sus asientos. Sus miradas disimuladas parecían acusaciones. Ward acercó a Lillian, como si unidas fueran más fuertes. Aspiró su aroma hogareño. Un rastro de Malcolm permaneció en su hombro y en la curva de su cuello.

El reverendo Long dejó el libro a un lado y descendió los escalones, cada pisada resonando como el mazo de un juez.

"No debemos recurrir al mal, aunque sea para salvar nuestras partes más queridas y preciosas".

Los dedos de Lillian se apretaron alrededor de los suyos.

"El mal confunde nuestros sentidos. El mal se enrosca en los corazones, como una serpiente, volviéndonos contra el Todopoderoso. Como una niebla que oculta, el mal confunde la visión hasta que no vemos bien. El mal canta un canto de sirena, prometiendo cumplir nuestros deseos más queridos y ensordeciéndonos ante la palabra verdadera. El mal lo contamina todo".

El ministro detuvo su marcha ante su banco.

Se miró los pies.

"El mal se disfraza de milagro. Se esconde en pociones y medicinas decantadas por brujería".

Levantó los ojos para mirar fijamente a Ward.

El calor corría por las venas de Ward, pero sostuvo la mirada del ministro.

No hemos hecho nada malo.

Lillian temblaba a su lado, acurrucándose en su abrazo. La conversación duró apenas unos minutos, pero el tiempo pareció detenerse.

Entonces, Grandy Blicken empezó a toser. El ataque comenzó con suaves ladridos en su pañuelo, pero se intensificó hasta que empezó a jadear. La anciana cogió del brazo a dos de sus vecinos. Se apoyó en ellos mientras la escoltaban por el pasillo, atravesaban la pesada puerta y salían al exterior. El ministro se hizo a un lado para permitirles el paso.

Grandy Blicken guiñó un ojo a Ward al pasar.

¿Lo he visto bien?

Cuando el portazo anunció su marcha, el ministro sacudió la cabeza y reanudó el servicio. Ni él ni Lillian añadieron sus voces a las canciones finales, ambos perdidos en sus propios pensamientos. Lillian seguía temblando.

¿Grandy preparó ese ataque de tos para desconcentrar al ministro?

Al terminar el servicio, Ward y Lillian se apresuraron hacia la puerta para dirigirse a casa.

Capítulo diecinueve:
Despedidas ponderadas

Para salir de la misa, los fieles hacían cola en el pasillo entre los bancos de madera, hablando en voz baja. El reverendo Long se colocó ante la puerta, estrechó manos, intercambió saludos y ofreció una bendición.

Ojalá hubiera una forma de salir de esta sala de reuniones que no implicara este agonizante ritual de salida, pensó Ward. Pero la única salida era a través. Acarició la mano temblorosa de Lillian. La comisura de sus labios se crispó, en un intento inconsciente pero fallido de sonreír. El cansancio y la preocupación que la recuperación de su hijo había ocultado se reafirmaron en sombras oscuras alrededor de unos ojos sin brillo.

Por las puertas dobles entraba la luz de la tarde. Sin nadie delante, el reverendo Long agarró el brazo de Ward y la muñeca de Lillian, con dureza en sus facciones al saludarles.

"Me alegro de verlos a ambos en el servicio esta mañana, pero ¿dónde está su hijo?". Una sonrisa burlona y la frialdad de su comportamiento advirtieron a Ward sobre la prudencia.

Lillian tartamudeó: "Sabes que ha estado enfermo. Temíamos llevarlo tan lejos de su cuna".

"Sí, debemos irnos". Ward puso la mano en la espalda de Lillian y la empujó hacia la salida.

El predicador se acercó con ellos a la luz del sol. "Pero he oído que su pequeño se ha recuperado milagrosamente. ¿No es verdad?"

Los ojos de Lillian se abrieron de par en par, su miedo comunicando una súplica implícita a su marido. Ward sonrió y le frotó un pequeño círculo de seguridad en la espalda.

"Sí, señor. Estamos bendecidos. Es por eso que debemos apresurarnos a casa con él ahora. Buen día."

"Pero", el predicador se interpuso de nuevo en su camino, "¿es cierto el rumor de que empleaste a una bruja para conseguir esta buena fortuna?".

Lillian se quedó inmóvil, con los ojos abiertos como los de una cierva. A Ward se le aceleró el corazón y su rostro se coloreó. La ira tiñó su voz, una máscara para el creciente reconocimiento de que esta visita eclesiástica era un error.

"Por supuesto que no. No nos metemos en artes oscuras, como bien debería saber, señor. Valoramos nuestras almas demasiado para tal comportamiento desviado ". *Excepto que incluso yo llamé bruja a Nina.* "Buen día."

Ward pasó de largo, chocando con el predicador en su apresuramiento, y apresuró a Lillian con suaves empujones. La pareja bordeó pequeños grupos de feligreses que les lanzaban miradas despectivas. Se tragó su creciente malestar mientras se apresuraba a seguir el camino.

Una vez lo suficientemente lejos de la vista o el oído de sus compañeros de iglesia, Lillian susurró: "Creo que el reverendo Long tiene un nombre muy apropiado".

Ward frunció las cejas, con el corazón martilleándole por el esfuerzo y la preocupación. "¿Por qué, amor?"

"Nunca he conocido a nadie que pueda igualar la longitud de sus sermones".

Las pisadas de Ward marcaban su progreso mientras procesaba su dilema cuando por fin entendió la broma. Se rió entre dientes. "Él es un poco largo en el tiempo, ¿no?"

Lillian soltó una risita, pero su alegría sólo duró un instante en sus labios. La preocupación nubló sus facciones.

Se desplazaron al borde del camino para dejar paso a dos jinetes que pasaban atronando.

La cara de Lillian perdió color. "¿Era el sheriff?"

Ward no podía hablar, pero sacudió la cabeza. Seguramente era alguien que no era el sheriff que había pasado, en dirección a su casa, pero el pavor le subía por la columna vertebral.

A Lillian se le encendieron los orificios nasales. "El sheriff sólo llama si tiene una orden de arresto".

Sus palabras cayeron como golpes. Se aclaró la garganta. "Pero no habría razón para preocuparse, ¿verdad?"

Su mirada de ojos muy abiertos engendró un sentimiento pesado y oscuro en su interior. Ward se aclaró la garganta.

Nada más que contratar a una bruja para curar a nuestro hijo.

Habían aumentado el ritmo a medida que aumentaban sus temores.

Las lágrimas brotaron de Lillian, enredando sus palabras. "Nunca te conté lo que le pasó a mi madre".

No lo había hecho, pero él la conocía. Había hecho su vida con ella. Años de conversaciones, de los silencios y de lo que ella no decía, de sus reacciones ante muchas situaciones y de sus opiniones firmes, le permitían hacerse una idea bastante aproximada del destino de su suegra.

La alarma de Ward creció hasta habitar cada uno de sus nervios, y se sintió perseguido, como se había sentido cuando los lobos se acercaron.

Lillian se recogió las faldas. "Vamos a correr."

Ward asintió y obedeció.

Sus pies levantaban polvo, fantasmas que les advertían que debían darse prisa. Echaban miradas a sus espaldas, seguros de que algo colmilludo y malintencionado cerraba el paso. Respiraron agitadamente cuando por fin llegaron a su casa. A pesar de que la puerta seguía cerrada y la chimenea expulsaba nubes de humo por la chimenea de piedra, su urgencia persistía. Se precipitaron hacia la puerta, deteniéndose sólo un momento.

Lillian gimió, con los ojos desorbitados por el miedo. "Por favor, Dios...", jadeó.

Ward abrió la puerta de par en par.

Capítulo veinte:
Salida precipitada

Lillian atronó a su bebé, con los ojos brillantes como los de una yegua asustada. Con Malcolm metido en la cadera, sacó ropa limpia del arcón, suya y de Malcolm, y la echó en una mochila. La lavanda seca que guardaba con ellas llovió al suelo. "Me voy a casa de mi tía".

Nina frunció las cejas y los labios en un gesto de confusión. "¿Pasa algo?"

Lillian ató a Malcolm en un portabebés de tela improvisado.

"Ward, pon las provisiones en otra mochila. Nina, si hay alguna medicina que necesite para el bebé, por favor dásela a Ward".

Hizo una pausa para volver los ojos llorosos hacia los hermanos no declarados. "Entonces váyanse".

Lillian señaló a Ward. "Llévala a casa. A salvo".

Respiraba entrecortadamente y no conseguía fijar la mirada en nada. En lugar de eso, lo escudriñaba todo una y otra vez.

Casi susurró: "Tengo que coger a Malcolm e irme. Antes de que lleguen".

"No sabemos con certeza si vienen". Ward no creía lo que decía, pero esperaba tranquilizarla.

Lillian se puso rígida, la miró fijamente. "Sí, así es". Tragó saliva. "He visto esto antes". Sus rasgos se endurecieron con un recuerdo formativo. No habría forma de disuadirla.

Ward asintió, con una energía ansiosa recorriéndole. "Llevaremos la mula, pero supongo que tendremos que ir ligeros de equipaje".

Lillian se detuvo y miró a Ward con la boca abierta. "Malcolm y yo llevaremos la mula". Se le llenaron los ojos de lágrimas. "Lo siento, Nina. Sólo tenemos una, y necesitaré al animal para llegar lo más lejos posible de aquí". Sus ojos parecían pozos en un paisaje nevado. Susurró: "No puedo vivir otro".

"¿Otro qué?" Nina extendió una mano hacia Lillian, mientras los nudillos de la otra se blanqueaban en torno al borde de la mesa, con la intención de sostenerla. Mantuvo el tono de voz mientras le preguntaba: "Lillian, por favor, dime qué te preocupa".

Lillian rompió a llorar. Malcolm se unió, su pequeño puño se liberó de sus confines.

A través de sus arrastradas palabras, todo lo que se pudo entender fue: "... lo siento mucho... nunca me lo perdonaré...".

Ward rodeó a Lillian con los brazos, sorprendido por la violencia de sus temblores y el brillo del sudor que cubría su cara a pesar del aire fresco que entraba por la puerta aún abierta.

"Todo va a ir bien. Os llevaré a los dos a casa de vuestra tía".

Lillian se echó hacia atrás, con la cara roja e hinchada de lágrimas.

"¡No! ¿No lo entiendes? Me llevo a Malcolm. Llevarás a Nina a su casa, o más lejos. ¡Sólo ponla a salvo!"

"De ninguna manera os dejaré a ti y a Malcolm viajar solos". Su agarre se estrechó alrededor de su esposa.

Se apartó, con los hombros hinchados como fuelles. "Escúchame. Tengo la responsabilidad de ponerme a mí y a Malcolm a salvo. Tú tienes que cumplir con tu responsabilidad".

Ward abrió la boca, atónito. "¡Tú y Malcolm son mi responsabilidad!"

Lillian le empujó. Su corpulencia no se movió. Incluso enfurecida, su fuerza no pudo desalojarle. Sin embargo, su evidente estado mental lo dejó mal parado, y tropezó cuando ella dijo: "No, Ward. Tienes que cuidar de tu hermana".

Nina jadeó, con los ojos muy abiertos y la mano incapaz de ocultar su expresión de asombro.

Ward se volvió hacia su hermana. "¿Se lo has dicho?"

Nina tropezó, cayó de rodillas, balbuceando: "No. No he dicho nada. Lo prometo".

Lillian se rió. "Ella no dijo nada, Ward. Guardó tu secreto. Pero yo lo sabía. Claro que lo sabía. Todo el mundo ha oído hablar de la bruja de las hierbas. Ella ayuda a todos, aunque no puedan pagar. La gente la ama. Algunos incluso la conocieron cuando era pequeña y tenía un hermano mayor que se convirtió en un increíble carpintero como su padre".

Olfateó, rebotando para consolar al bebé que aún gritaba.

"No sé qué causó la ruptura entre ustedes dos, pero Ward", se acercó y le tocó el brazo, "¿cómo puedes negar su seguridad cuando somos la razón por la que está en peligro?".

Sus ojos brillaban con lágrimas frescas, brillantes como estrellas. Se hizo el silencio en el pequeño hogar. Incluso Malcolm dejó de lamentarse, con el brazo metido de nuevo en el portabebés de tela.

Lillian apoyó la mejilla en el pecho de Ward y dijo: "Lleva a Nina a casa. Luego ven a casa de mi tía". Lloriqueó, tan delicada. Ward no podía negarle nada.

Aspiró una última súplica. "Pero hay lobos..."

"Por eso debemos darnos prisa. ¡Por favor, Ward!" La histeria volvió a aparecer en su voz.

Ward asintió.

Lillian giró para continuar con los preparativos.

Empaquetó comida, utensilios, la primera taza que había tallado para ella, una afirmación de su amor por ella. Nina colocó un grueso rollo de hierbas picantes al abrigo de la taza y asintió, con los ojos oscuros llenos de preguntas.

Lillian se cubrió la cabeza con una amplia bufanda azul, arrojó la manta favorita de Malcolm entre los objetos reunidos, cogió la mochila de Ward y corrió hacia el refugio de la mula.

Nina se acercó a la puerta para colocarse junto a Ward.

Susurró: "¿Qué demonios ha pasado?".

Ward vio cómo su Lillian huía sin mirar atrás. Pateó la mula al trote, con el cuerpo enroscado alrededor de Malcolm.

Su familia. Su mundo. Marchándose. Desapareciendo en la curva de la carretera.

Se ha ido.

La voz temblorosa de Nina interrumpió su contemplación. "¿Ward?"

Su familia se había ido.

No podía protegerlos.

La vida que luchó por construir se desmoronó a su alrededor.

Por Nina.

Capítulo veintiuno:
Detención del desarrollo

"Por favor, dime qué está pasando". La voz de Nina adquirió un tono nervioso y quejumbroso que le puso los nervios a flor de piel, igual que durante su infancia. "¿Qué ha pasado?"

Se abalanzó sobre ella. "Te diré lo que pasó. Tú. Tú pasaste".

Nina volvió tropezando a la cabaña como si estuviera golpeada. "¿Yo?"

Ward le siguió, sobresaliendo por encima de la delgada figura de Nina. "Sí. Tenías que venir aquí a mi vida y ensuciarlo todo, ¿no? Como cuando éramos niños, siempre en medio. Siempre, 'cuida de tu hermana'. ¡Nunca nadie cuidó de mí!"

A Nina se le fue el color. Su vocecita susurró: "Lo siento. Sólo quería ayudar".

"¿Ah, sí?" Ward inhaló rabia contenida. Le infló el pecho. "Sabes que se te considera una bruja, ¿verdad? Bueno, ¿también sabes que la brujería no está permitida?".

"Pero Ward", sus grandes ojos se arrugaron en una sonrisa maliciosa. "Sabes que no soy una bruja". Sacudió la cabeza. "Todo lo que hice fue hacer medicina de las plantas que Dios puso en esta tierra para ese propósito. Igual que hacía Mamá. ¿Recuerdas? Y esas plantas, salvaron a tu bebé".

"Bueno, algunas personas consideran que entrometerse con esas plantas es hacer pociones. ¡Hacer pociones es brujería!"

Nina resopló. "Sólo los tontos ignorantes creerían algo así". Levantó la barbilla con la misma expresión obstinada que él había odiado desde su infancia. "Además, ¡no oí ninguna queja cuando usé esas 'pociones' para salvar a tu hijito!".

Un golpe en la puerta les alertó de la presencia de otra persona. Dos hombres llenaban el marco, el pesado y mayor sheriff y su desgarbado y joven ayudante, Orville. El muchacho mostraba unos dientes torcidos y sucios.

"¿Oyó eso, señor? ¡Admitió haber usado pociones para curar a su hijo!"

El sheriff se relamió y frunció el ceño. "Así es, hijo". El sheriff Andrew George agarró a Nina del brazo. "Nina de Wildesfield, quedas arrestada, acusada de práctica antinatural de brujería". Ignoró sus sorprendidas protestas mientras deslizaba la mitad de un grillete de hierro en la delgada muñeca de Nina. Ella se tambaleó, apoyándose en su muleta. "Ahora no luches o será más duro para ti."

Saliendo de su asombro, un estallido de protección se encendió dentro de Ward, sofocando su ira. "No está luchando". Levantó la otra muleta de Nina. "Las necesita para..."

La defensa de Ward se vio interrumpida cuando el ayudante del sheriff, Orville Masque, de diecinueve años, abordó a Ward, sacándole el aire a borbotones. Orville golpeó la mano de Ward contra el suelo hasta que la muleta se zafó del agarre de Ward. Quedó cerca de la bota del sheriff.

Orville había tirado a Nina al suelo en su afán por desarmar a Ward.

"¡No!" Gritó Nina, extendiendo la mano desde el suelo hacia él. "¡Por favor, no le hagas daño!".

El sheriff George pisoteó la muleta hasta que se rompió. Señaló a Ward con un dedo carnoso. "Tienes suerte de que no te arreste a ti también. Por intento de agresión. Pero estoy dispuesto a suponer que estás bajo el encantamiento de esta bruja". Tiró de Nina por el puño. Ella colgaba, torpe como una muñeca de trapo. "Asumo que por eso nos amenazaste."

Ward se atragantó: "No te estaba amenazando. Ella usa muletas".

El sheriff rió, profunda y guturalmente. "Ya no, ya no". Mientras el sheriff arrastraba a Nina, que no forcejeaba contra el hombre sino que luchaba por mantenerse erguida, hasta el carro de caballos que la esperaba, Orville se bajó de Ward. El aliento de Orville apestaba a ajo cuando preguntó: "¿Dónde está tu bonita esposa?".

A Ward se le heló la sangre. "Se llevó a nuestro hijo a la ciudad. Ha estado enfermo".

Orville se limpió la nariz con la manga. "¿Sí? El tribunal podría querer hablar con ella".

Nina gruñó cuando su cuerpo se estampó contra el carruaje, arrojado como un saco de grano por el sheriff.

Ward luchó contra un terror latente. "¿Qué pasará después?"

Orville extendió una mano para ayudar a Ward a ponerse en pie. "La examinarán. Buscarán marcas de brujas. Denle la oportunidad de confesar".

El sheriff llamó a Orville.

"Ahora voy". Orville ofreció una sonrisa de disculpa. "Escucharán su súplica mañana por la mañana en la casa de reuniones."

Ward asintió, conteniendo su creciente pánico. No serviría de nada que le detuvieran a él también.

Además, Nina no es realmente una bruja. No encontrarán ninguna marca en ella.

Orville levantó una mano, un adiós. Un hilillo de sangre pegaba el pelo suelto a la sien derecha de Nina desde su aterrizaje en el carro, y sus ojos, ya de por sí grandes, parecían a punto de estallar de su pálido rostro.

La imagen se grabó en la imaginación de Ward, para asaltarle cada vez que cerraba los ojos.

Capítulo veintidós:
Ward de joven

Cuando Ward terminó la escuela, cogió sus conocimientos y se largó a la siguiente ciudad, Alsebury, sin despedirse mucho de su familia en Wildesfield. Montó un pequeño taller de carpintería, regalando bancos a la iglesia y contraventanas para la mansión del gobernador, hasta que su reputación y sus habilidades llamaron la atención. Cuando la gente del pueblo intentó saber más de su historia, Ward se desentendió.

De ese modo, sus padres podrían dedicar toda su atención a Nina, como parecían decididos a hacer, y Ward podría seguir con su vida sin sentirse menospreciado.

Un encargo de ebanistería a medida le llevó a Englisburg, a varios pueblos de distancia, donde la propietaria, una viuda adinerada, le alojó en la posada del pueblo hasta la finalización del proyecto. Ward incorporó hermosos detalles de madera de cerezo a la pieza utilitaria, incluido un ingenioso dispositivo de cierre para los papeles privados de la viuda. Mientras le mostraba las características del proyecto, la sobrina de la viuda llegó con un remolino de hojas otoñales y el perfume de varios días de viaje.

Lillian.

Casi elfo, de rasgos delicados, manos hábiles e ingenio rápido, Ward se encontró hablando más alto en su presencia. Su pecho se hinchó de orgullo cuando se ofreció a rehacer las contraventanas de la ventana de la viuda con la esperanza de prolongar su tiempo cerca de Lillian.

Para su total deleite, su treta funcionó. Antes de que llegara el invierno, Ward y Lillian publicaron sus prohibiciones y asistieron a las tres semanas de sermones dominicales requeridos antes de su tranquila boda en la casa recién cerrada de la tía Amity.

Cuando Ward llevó a Lillian a su casa de Alsebury, ella refinó las habitaciones con paciente persistencia, desde pintura fresca manchada de flores prensadas hasta astutas creaciones de aguja. Ward se enorgullecía de sus trabajos en madera, seguro de que su padre habría estado encantado con sus creaciones.

Cuando pensaba en su abandonada familia de Wildesfield, anhelaba traerlos para que conocieran a su novia y vieran su granja y su taller.

Aunque no creo que hagan el viaje. Les llevaría todo el día.

Pensó en los viajes de su infancia cuando iban a visitar a la abuela Prudence en Bridgeton, un viaje de un día entero en total, pero que hacían a través de los bosques de Wilding con bastante frecuencia.

Pero todos se están haciendo mayores. Además, sería demasiado duro para Nina.

Una acidez le inundó el estómago ante tal consideración, y apartó de su mente a la familia Wildesfield.

Cuando pasaban viajeros, preguntaba por ellos y se enteró primero de la muerte de su padre y poco después de la de su madre.

Supongo que Nina tiene la casa ahora.

La gente hablaba de la sabia tullida buena con las hierbas, y él sabía que Nina había encontrado su camino en el mundo.

Bien por ella, mientras me deje en paz a mí y a los míos.

Capítulo veintitrés:
Contemplar con conciencia

Ward dudaba. ¿Debía seguir a Lillian y Malcolm? Su esposa nunca le perdonaría que abandonara a Nina. Pero ¿qué bien podía hacer por su hermana? Al parecer, tenían que hacerle algunas preguntas y examinarla para comprobar si tenía marcas de bruja. Recordaba haber oído hablar de ellas, marcas de brujas, lugares del cuerpo donde las personas que firmaban pactos diabólicos amamantaban a diablillos y familiares. Como Nina insistía en que no era bruja, no tendría marcas. Muy sencillo. Lo soportaría bien, sin duda.

Además, ¿de qué le había servido Nina?

Excepto probablemente salvar la vida de su hijo.

Cierto, todos adulaban y mimaban a Nina cuando eran niños juntos en Wildesfield. Excepto los que no, como Brom e

Issac, que ridiculizaban todo, desde la forma de andar de Nina hasta su lentitud al hablar. La hicieron llorar muchos días, preguntándose quién querría casarse con una chica torcida y fea como ella.

Aunque Nina no era fea, nadie se había casado con ella.

Sin embargo, se abrió camino en la comunidad por sí misma, sin caridad. Admirable, realmente, cuando muchas personas sin discapacidad se dedicaban a mendigar cuando estaban heridas o solas. Impresionante, incluso.

Ward cogió las viejas muletas de Nina, una rota y la otra entera, se puso el abrigo y se dirigió a la ciudad.

Capítulo veinticuatro:
Interrumpir

Una vez más, Ward se encontró en el camino del pueblo, pero en lugar de correr hacia su casa con su bella esposa, huía de casa, atormentado por los recuerdos de su difícil infancia. Lo más inquietante era recordar cómo Nina y sus padres aplaudían sus logros. Desde su primera figura tallada de un gato de granero hasta la creación de nuevas mesas de trabajo para la escuela del pueblo. Mirando atrás, ambas cosas eran sencillas y poco hábiles, pero aun así lo elogiaban. Cuando Nina aplaudió, todo su cuerpo se animó con su felicidad por él.

Ward agarró las muletas de Nina y se preguntó por qué no había traído el proyecto que había hecho para ella. *Bueno, no está terminado. Me quedé dormido antes de terminarlo.* Le preocupaba que ella nunca lo aprovechara.

Al acercarse al lugar de la reunión, el sudor le resbalaba por el pelo y la espalda. Los ciudadanos arrojaban terrones de tierra a la gente en el cepo, animados a burlarse sólo de los humillados para que las "lecciones calaran". Los padres fundadores creían que la vergüenza pública daba resultados. De sus cuellos colgaban carteles de madera con una gruesa cuerda para anunciar sus delitos. Dos hombres, el viejo Higgins y su vecino Samuel, llevaban insignias de borrachos. De la picota colgaban grilletes de hierro, listos para azotar públicamente a los malhechores.

Una conmoción atrajo a Ward hacia una pequeña multitud. Nina, atada como un ciervo abatido, colgaba de grilletes y esposas bajo un grueso poste. El sheriff golpeó el extremo del poste, y por tanto a Nina, contra el suelo. A juzgar por la desorientación de Nina y el placer de algunos de los presentes, el sheriff llevaba tiempo haciéndolo.

Ward abrazó las muletas de Nina contra su pecho, atónito. Grandy Blicken deambuló desde la calle hasta el lado de Ward mientras los últimos golpes del sheriff hacían que Nina perdiera el conocimiento.

"¡Sheriff!" La anciana gritó. "¿Por qué se castiga tan duramente a esta mujer?"

El sheriff frunció el ceño hasta que localizó a Grandy.

"Está acusada de brujería, lo que todo el mundo sabe que es un delito capital. Pero antes de que pueda ser detenida, tenemos que acabar con su brujería. Esto aquí es la interrupción, como se indica en muchos libros legales sobre el tema ". Hizo un gesto con la barbilla, y su ayudante cogió y se echó al hombro el extremo opuesto del palo. "No habrá más hechizos de ésta por el momento".

Muchos de los presentes soltaron una carcajada. Otros se burlaron y negaron con la cabeza. Grandy Blicken murmuró algo, tal vez una oración. Ward no pudo entender lo que dijo.

Mientras el sheriff y su ayudante la llevaban a la cárcel y, presumiblemente, a la celda, Nina quedó insensible, con la cabeza ladeada y la gorra y el sombrero golpeados contra el barro. La multitud se dispersó, habiendo cumplido con su deber de avergonzar a los malhechores en el cepo, pero Ward permaneció clavado en el sitio, mirando fijamente el tocado olvidado de Nina.

Una mano suave se posó en el hombro de Ward. Grandy, también contemplando el lugar del castigo de Nina.

"Ven con nosotros. Vamos a tomar una pinta". Se dirigió hacia el lado este de la ciudad. "Bishop's tiene cerveza de manzana, creo."

Ward le siguió, una sombra distraída de la anciana, haciendo una lenta procesión hasta la posada. Un huerto de manzanos crecía detrás de la taberna, y a lo largo de los laterales del edificio, las uvas se extendían a lo largo de una fina celosía. Ward lo había hecho años atrás para la propietaria, y una pequeña chispa de orgullo se encendió cuando vio lo bien que se mantenía. Cuando se sentó en una mesa esquinera con la anciana matriarca, una mirada a los palos que llevaba apagó su buen presentimiento.

La pareja bebió en contemplativo silencio durante un rato antes de que Grandy se inmiscuyera en sus pensamientos. "¿Dónde están tu esposa y tu hijo?"

La nuez de Adán de Ward subió y bajó mientras tragaba alrededor de la pena. "Su tía está en Englisburg".

"Amity es una mujer sensata. Es un buen lugar para Lillian y el niño". Grandy asintió en su jarra de peltre.

Ward estudió su rostro arrugado. "¿Conoces a Amity?"

Grandy Blicken sonrió, acumulando sus arrugas en la parte superior de las mejillas y alrededor de los ojos. "Ah, sí. Fuimos juntas a la escuela".

Ward pasó el dedo por el grano del tablero de la mesa. "No lo sabía". Podía sentir la mirada de Grandy sobre él mientras escuchaba los sonidos de la cocina de ollas y cucharones y el zumbido de las conversaciones en voz baja de las otras mesas. "Hay muchas cosas que no sé".

La abuela pidió tartas y platos de estofado. Le acercó una cuchara a Ward. "La contemplación poderosa requiere un estómago lleno. De lo contrario, tu resolución será débil y defectuosa".

Débil y defectuosa. Antes de hoy, Ward habría usado esas palabras para describir a su hermana. Hoy, temía que le definieran a él. Comió sin probar.

Los clientes conversaban. "He oído que han detenido a una bruja", el tema del día. Higgins y Samuel entraron cojeando en la taberna, cogidos del brazo, recién salidos del cepo. "He oído que ya le han sacado una confesión. Supongo que la procesarán por la mañana".

Capítulo veinticinco:
Instrucción de cargos

Ward había sobornado al guardia de la prisión para que le permitiera visitar a "la bruja" poco después del amanecer. Su aspecto le conmocionó. Detenida en una celda de pie en una sala de interrogatorios debajo de la cárcel principal, con el suelo húmedo por la crecida del arroyo cercano y sus propios aseos, Nina se apoyaba en la pared para mantenerse erguida. El barro y otras cosas peores empapaban el dobladillo de su bata y ensuciaban su delantal. Su pelo, descuidadamente rapado cerca del cuero cabelludo, dejaba mellas y manchas ensangrentadas. Moratones y quemaduras de cepillo atestiguaban la violencia ejercida. Pero lo peor de todo era que sus ojos abatidos carecían de su brillo habitual.

Pasó toda la muleta por la barra, manteniendo la muleta encajada en su agarre.

"Lo siento mucho."

Cerró los ojos, con los párpados amoratados. "Oh, al menos no tendrán que arrastrarme a la sala de reuniones".

A Ward se le hizo un nudo en la garganta. "Intenté arreglar el otro, pero no pude".

Su disartria había arrastrado las palabras. "No pasa nada. Esto funciona. Gracias".

Su sonrisa tensa había revelado dientes recién rotos y faltantes. Había cerrado los ojos y asentía con la cabeza.

El hedor a cebolla madura de la axila del guardia asaltó a Ward cuando el hombre se acercó para pinchar a Nina con una pica de punta metálica. "¡Arriba!"

Las lágrimas habían llenado los ojos hinchados de Nina. Su tono quejumbroso sonaba a punto de romperse. "Prometiste que si confesaba, podría dormir".

"No sé nada de eso. Pronto tienes que presentarte ante el juez y me han dicho que te mantenga despierto. Además, la esposa del sheriff vendrá pronto a limpiarte". La sonrisa del guardia mostraba unos dientes podridos. "¿Quieres pagar para que tenga jabón?".

Mientras Ward entregaba los honorarios de la cárcel, una elegante rata marrón trepó por la pared para colarse por la única ventanita del local.

Antes de irse a buscar un asiento en la sala de reuniones, Ward volvió a la celda de Nina.

"Allí estaré". Su boca formó una línea sombría.

Las lágrimas limpiaban rayas a lo largo de su nariz. "Gracias".

Una multitud bulliciosa se reunió fuera del Salón de Reuniones. El joven George Brown, de pie sobre un alto tocón, tocaba el tambor e invitaba a sentarse a quienes deseaban asistir al acto.

Ward se encaramó al borde de uno de los muchos bancos que había construido para esta Sala de Reuniones cuando se mudó a Alsebury. El lugar bullía con rumores excitados. Una bruja condenada significaba la horca. Ward luchó contra las náuseas.

Grandy Blicken se deslizó junto a Ward. Le dio unas palmaditas en el brazo y abrió un pañuelo bordado. Le ofreció a Ward los caramelos de melaza que contenía.

"Para mantener tu fuerza".

Cuando Ward negó con la cabeza, siempre buscando a Nina en las puertas de entrada, Grandy soltó una carcajada.

"Vamos, ahora. Lo necesitarás para superar esto, sospecho".

Para hacer callar a la anciana, Ward se metió en la boca el panecillo más pequeño con un resoplido.

La agitación en el edificio de vigas de madera se magnificó cuando el carcelero y un ayudante trajeron a Nina, que luchaba por mantenerse entre los dos hombres. Había perdido los zapatos por el camino y la suciedad cubría sus dedos rígidos y enroscados. Aunque llevaba un vestido y un delantal limpios, le quedaban mal. Una sencilla gorra de lino ocultaba su cabeza rapada.

¿Dónde está su muleta?

Nina se desplomó sobre el suelo de madera cuando el carcelero y el guardia la soltaron ante el atril. El juez frunció el ceño. Su voz atronadora silenció a la asamblea. "Deben comparecer ante nosotros".

Nina se puso de rodillas. "Señoría, tengo las piernas deformadas y no puedo estar de pie sin ayuda".

El juez Dodd bajó sus gruesas y grises cejas. "Muéstranos".

Nina parecía un potro recién nacido, todo salientes, ángulos poco elegantes, mientras se levantaba para adoptar una postura encorvada. Giró los brazos para mantener el equilibrio, pero sin algo en lo que apoyarse, perdió el equilibrio y cayó. Se encorvó para protegerse los órganos y la nuca cuando aterrizó con un "uf" audible.

Los espectadores más jóvenes de los procedimientos se reían detrás de sus manos.

"Hmm." El juez Dodd estudió a Nina. "¿Dónde está el médico?"

Nina se arrodilló de nuevo. Su lento hablar revelaba su agotamiento.

"No estoy seguro, Señoría".

"No te estaba preguntando a ti, mujer."

Volvió la mirada hacia el carcelero, que dio un codazo a su ayudante, que salió corriendo del edificio.

"Había un médico presente para el examen del acusado, ¿no es así?" El tono del juez tronó de advertencia.

El carcelero mostró sus mugrientos dientes. "Oh, sí, también la esposa del sheriff".

"Muy bien. Necesito a los dos delante de mí. Ahora."

El carcelero sonrió. "John lo traerá en un minuto".

John cruzó la puerta a toda prisa, pero redujo la velocidad a un ritmo más decoroso una vez dentro de la Sala de Reuniones. Susurró al oído del carcelero. El carcelero asintió.

"El médico está en camino."

Arrodillada ante el estrado elevado, temblorosa con ropa demasiado holgada para su delgada contextura, Nina se parecía a la niña que Ward arrastraba en el pequeño carrito de madera por la casa de su infancia.

No podía pesar más que un niño, en realidad, incluso ahora. ¿Por qué me importaba tirar de ella? No era difícil.

Los lustrosos zapatos con hebilla de latón del médico brillaban a la luz del sol matutino que entraba por las ventanas rectangulares mientras subía por el pasillo hasta la plataforma elevada. Acompañaba cada paso firme con un bastón de bronce que no utilizaba para mantener el equilibrio. Se mantenía erguido y orgulloso con una vestimenta demasiado a la moda para Alsebury o para la ocasión.

El juez Dodd se inclinó hacia delante. "Ah, Doctor Burroughs. Gracias por venir. Confío en que su viaje desde Crannastown haya sido tranquilo."

El médico sacó un pañuelo de lino y cubrió un bostezo. "Efectivamente". Su voz culta sonaba con la misma facilidad que la del juez.

El juez Dodd frunció el ceño. "Entiendo que recibió la asistencia de Goodwife George para los aspectos más delicados del examen".

"Sí". El doctor Burroughs.

"Goodwife George, por favor únase a nosotros aquí."

Un secretario levanta acta de los procedimientos con una pluma de ganso. Su silencioso rasguño contra el pergamino y los suaves pasos de la esposa del sheriff llenaron el silencio que siguió a la citación del juez. Como si los espectadores contuvieran la respiración colectiva, ningún otro sonido los invadió.

"Informe al tribunal de sus hallazgos, por favor, doctor".

El doctor Burroughs sacó un pergamino de una bolsa cruzada de cuero negro que llevaba colgada. Se aclaró la garganta y leyó: "La buena esposa George y yo realizamos un examen minucioso y completo de la acusada, en busca de marcas de brujas o tetillas del diablo. Cuando encontrábamos una irregularidad, la pinchábamos con la herramienta designada para comprobar si había sangre y sensibilidad. En la persona del sospechoso florecen muchos lunares. Los encontramos en los brazos, las piernas, el pecho izquierdo, encima del ombligo, detrás de la oreja derecha, en el lóbulo de la oreja izquierda, en ambos muslos, en la parte superior del pie derecho, a ambos lados de las nalgas y en el pliegue interior del orificio vaginal. Todas sangraban, y la presunta bruja reaccionaba con exclamaciones y gestos de dolor al pincharse. También descubrimos nódulos carnosos y elevados a lo largo de los pliegues del cuello, en las axilas de los brazos y en la parte alta de la cara interna del muslo derecho. Estos nódulos también provocaron respuestas de dolor apropiadas por parte de la acusada, aunque las marcas cutáneas de este tipo no suelen producir sangre, como era el caso. La presunta bruja tiene cicatrices y callos a lo largo de las palmas de las manos, la parte interior de las muñecas, debajo de los codos, en todas las superficies exteriores de los pies y los dedos de los pies, y en las rodillas. Esto debe ser consecuencia de la cojera de toda la vida que la propia bruja describe como causada por un cerebro paralizado y el mal funcionamiento de los músculos de las piernas. La atrofia muscular, el acortamiento de los músculos y la torsión de los huesos de las piernas y la espalda hacen necesario el uso de muletas que ella misma se recetó y que obtuvo de su padre, un carpintero, antes de su fallecimiento."

Lanzó una rápida mirada a Nina por encima de su nariz ligeramente aguileña. ¿Detectó Ward compasión en los ojos del doctor?

"Del mismo modo, encontramos y alanceamos varios pelos encarnados, costras, manchas y contusiones, todo ello acorde con un estilo de vida activo".

El médico se aclaró la garganta, dobló su informe y se lo presentó al alguacil, que se lo entregó al juez.

El juez sacó un par de gafas del interior de su toga magistral, las abrió y se las colocó, y revisó el documento. "Anote esto en el informe, secretario". El alguacil llevó el papel al escribiente.

El doctor Burroughs continuó. "Del examen, como se indica en el informe, no encontré nada que pudiera condenar concluyentemente a esta joven".

La gente murmuraba en los bancos.

Mary Alberts, la alborotadora del Sabbat, se puso en pie de un salto. Su voz chillona se elevó por encima del tumulto: "¡Pero si es una bruja!".

El doctor Burroughs apoyó ambas palmas sobre su bastón, con los ojos entornados en el juez. "Si no puedo serle de más utilidad, Señoría, me despido. El viaje a Crannastown es largo y me gustaría atravesar el bosque antes de que se ponga el sol.

"Así es. Gracias por sus servicios, doctor". El juez Dodd asintió. "Y a usted, buena esposa. Gracias por ayudar en este delicado asunto".

La buena esposa agachó la cabeza. Su voz tembló: "Si me lo permite, señor, me gustaría mencionar que es muy inusual que una mujer tan joven tenga tantas marcas en su cuerpo. Me pareció sospechoso, eso es todo, y quería mencionarlo ante el tribunal".

Mary Alberts señaló con un dedo acusador, su rostro enrojeció de un escarlata fanático. "¿Lo veis? Como he dicho!"

El juez Dodd apretó las mejillas y se mordió el labio inferior. "¿Crees que sabes más que este erudito, buena esposa?"

Goodwife George bajó la barbilla, el pecho levantándose con rápidos e incómodos jadeos. "Por supuesto que no. Sólo pensé que era peculiar, eso es todo".

El doctor Burroughs endureció su postura, ya de por sí ejemplar. "He estudiado medicina con algunas de las mentes más brillantes del mundo. He viajado mucho a lo largo de mi carrera y he leído libros como los tratados del rey Jacobo I, del general cazador de brujas Matthew Hopkins y de los Mathers de la colonia. Puedo asegurarles que si encontrara algo parecido a una teta del diablo en esta mujer acusada, sería el primero en informar de ello. El hecho, sin embargo, es que nada en la forma, aunque retorcida, de esta mujer indica una interferencia demoníaca."

Nina se balanceó, pero apoyó las palmas de las manos en el suelo para estabilizarse.

La multitud murmuraba descontenta.

El juez ordenó silencio a la gente del pueblo. "Gracias a ambos por sus servicios. Lo que han dicho es ahora un asunto de dominio público. Pueden retirarse".

Los murmullos de los habitantes del pueblo se redoblaron, la gente se agrupaba y se separaba, mientras el doctor salía de la casa de reuniones y se adentraba en el sol. La esposa del sheriff se unió a la agitada multitud.

Cuando la puerta se cerró tras el médico, el juez preguntó: "¿Se ha presentado una declaración de culpabilidad, entiendo?".

El sheriff ocupó el lugar recién abandonado por el médico, detrás de Nina, frente al juez. "Sí, Señoría".

"¿Y cómo se declaró el acusado?"

El sheriff leyó de un pergamino. "El acusado admitió delitos de brujería contra natura, Su Señoría".

Nina hundió el trasero sobre los talones, sacudiendo la cabeza, con los hombros temblorosos.

Las palabras del sheriff provocaron un alboroto.

La esposa del herrero levantó las manos. "¡Ella lo admite!"

Ward recordaba la mano de Nina, calentada por el sol, apoyada en su mejilla juvenil. Su voz disártrica y preadolescente resonaba en su mente.

"Te quiero, Ward. Eres el mejor hermano mayor que Dios pudo hacer".

Capítulo veintiséis:
Mejor hermano mayor

Sin darse cuenta, Ward se puso en pie, tembloroso, y se encaró con el juez. La ira contenida y la culpa dieron fuerza a su voz.

"¡Sólo confesó porque fue torturada!"

Se callaron, estas personas en busca de algo sensacional que las sacara de la mundanidad de la vida cotidiana. Nada inspiraba la imaginación como una caza de brujas, con sus mujeres salvajes y descontroladas, mujeres con poder en una sociedad decidida a privar de derechos a su género. El juez se quedó boquiabierto y, mientras se serenaba, miró a Ward por encima de las gafas.

Las palabras de la infancia de Nina resonaron en sus pensamientos. "Eres el mejor hermano mayor que Dios pudo hacer".

Por el rabillo del ojo, Ward notó que Grandy Blicken susurraba al pregonero, urgente e intensamente. El joven se escabulló de la casa de reuniones y cerró la puerta con poco ruido.

El sheriff cruzó las manos sobre su vientre hinchado y se balanceó sobre los talones. "Hijo, es el encantamiento el que habla. Ahora siéntate y ocúpate de tus asuntos".

"Esto es asunto mío". Señaló a Nina, que se desplomaba más cerca del suelo mientras su núcleo se negaba a soportar más su estado erecto. El terror ensanchó sus ojos, y Nina sacudió la cabeza hacia Ward, suplicándole en silencio que se detuviera.

"Ella, es asunto mío". Parpadeó y se acercó al juez. "Ella ni siquiera estaría aquí si no fuera por mi familia. La traje aquí, a mi casa, con la esperanza de que Dios la ayudara a salvar a mi hijo". Cerró los ojos, ignorando la creciente percusión de un inminente dolor de cabeza.

El juez siguió mirando a Ward por encima de sus gafas. "¿Usted y su buena esposa contrataron a esta bruja de hierbas para salvar a su hijo?"

"No es una bruja". Nina miró a Ward por encima del hombro mientras él continuaba. "Ella sabe cómo usar hierbas para hacer medicina".

Mary Alberts gritó: "¡Quieres decir pociones!".

"No, quiero decir medicina, como la que hacía su madre". Una pequeña sonrisa se dibujó en los labios de Nina. "Y si Dios quiere, ella lo hizo. Mi hijo está vivo".

El juez Dodd levantó las manos para pedir silencio. "¿Y cómo sabe tanto de las habilidades de esta mujer?".

Las voces trepaban unas sobre otras en un intento de dominación. El herrero rodeó con su musculoso brazo a su casi apoplética esposa.

Su rico barítono. "¿Por qué deberíamos creer cualquier cosa que digas?"

El sheriff se burló, sus palabras llevaban el peso añadido de su cargo. "Lo dije antes, creo que Woodsman está bajo su hechizo".

Ward tragó saliva, pensativo. Una mirada al lamentable estado de Nina le hizo tomar una decisión.

"Puedes creerme. No estoy bajo ningún hechizo".

Sus hombros se alzaron con su profunda respiración.

Soy el mejor hermano mayor.

"Nina es mi hermana."

Capítulo veintisiete:
Visto en sueños

Mary Alberts gritó: "¿Recuerdas lo que te dije? Había un hombre con ella". Señaló a Ward, y aunque todo su cuerpo temblaba, su brazo permanecía firme como una rama de roble en un día de calma. "¡Él es el hombre! El que intenta que firme su libro oscuro".

Cayó sobre los brazos de su marido, convulsionándose, con los ojos en blanco. Sin embargo, de alguna manera, su dedo permanecía fijo en Ward.

Toda la atención se centró en él. Le rodeaban rostros escandalizados e indignados. La gente se apartaba de él, como si su proximidad pudiera provocarles un ataque similar al de la esposa del herrero.

Ward respiró entrecortadamente. "No sé de qué está hablando. Por favor..."

El herrero levantó a su esposa, cuyo dedo implicaba infaliblemente a Ward, y se la llevó. La gente siguió retrocediendo, formando una especie de anillo irregular con Ward y la familia del herrero en el centro, y Nina una espectadora cercana y horrorizada. La espuma de la boca de la mujer goteaba al suelo a su paso.

El herrero luchó por no dejar caer a su esposa. Su mandíbula trabajaba, obligando a los tendones a sobresalir de su cuello. Su voz retumbó como una amenaza.

"Haz que pare".

Los hombros de Ward se desplomaron y ofreció las palmas de las manos en señal de súplica. "¡No sé cómo hacer que pare!"

El herrero empujó el rígido cuerpo de su esposa hacia él y su dedo rozó el antebrazo de Ward. Mary Alberts se desplomó, su ataque concluyó, aparentemente por el contacto con su acusado atormentador.

El herrero dio un paso atrás, con los ojos muy abiertos.

"Ella me lo dijo. Te vio. Dijo que llevabas un sombrero negro bajo, así que no sabía quién eras. ¿Por qué nos haces esto?" Pivotó para incluir a Nina en su apelación. "¿Qué te hemos hecho?"

Mary se despertó y murmuró algo a su desconcertado marido. Tras acercarse a su boca para oírla, él se puso rígido, con los ojos muy abiertos y la voz asesina. "¡¿Necesitabas que nuestro hijo muriera para que el tuyo viviera?!"

Ward fue consciente de la turba enfurecida que le rodeaba, llena de miedo y rabia palpables. "¡No! Yo no..."

La voz del juez se elevó como el grito de una gaviota sobre un mar agitado y tormentoso. "¡Arréstenlo!"

El ayudante del sheriff sujetó a Ward mientras el sheriff levantaba a una inconsolable Nina por los grilletes. Empujaron a los aturdidos hermanos a través de las puertas de la casa de reuniones hacia la prisión.

"Ward Woodsman, está bajo arresto."

Capítulo veintiocho:
Dos brujas

El carcelero empujó a Ward sobre el duro suelo de tierra de la zona de interrogatorios situada debajo de la prisión principal. Los grilletes de hierro mordieron las muñecas de Ward, que se golpeó la rodilla al caer.

"¿Así que ahora vas a ser un huesped?" El carcelero confiscó las pertenencias de Ward, embolsándose disimuladamente el dinero con una sonrisa malvada. "¡Primero fue una, y ahora tenemos dos brujas!"

"Acusado. Aún no sé si lo es". El sheriff entró, sacudiendo la cabeza. "Mandé llamar al médico. Tal vez podamos atraparlo antes de que esté demasiado lejos".

El carcelero se encogió de hombros. "Puedo empezar. Afeitarlo. ¿Afeitarlo? Para que ese médico de pantalones elegantes pueda buscar marcas de brujas".

"Supongo que será lo mejor. El ayudante puede ayudar". El sheriff hinchó las mejillas y sopló, con los labios en un mohín absurdo. "Supongo que embargaré su casa. Aunque no puedo concretarlo sin una confesión o un veredicto". Se inclinó más hacia Ward. "¿Adónde dice que fue su esposa?".

El pánico de Ward le dejó con los ojos desorbitados y mudo.

El carcelero le golpeó en la nuca.

"Contesta".

Sorprendido, Ward gritó: "¡Ella no tiene nada que ver con esto! ¡Déjala en paz!"

El carcelero golpeó la nuca de Ward por segunda vez. "Habla civilizadamente".

"No importa". El sheriff se encogió de hombros. "La encontraremos si la necesitamos". El sheriff se quedó pensativo mientras se iba.

Capítulo veintinueve:

Dejando marcas

"Vamos a prepararte". El carcelero sonrió. "Desnúdate".

"¿Aquí?" Ward miró a Nina, que sollozaba y volvía la cara hacia la sucia pared de su celda.

"Quita todo, o será cortado". Gritó hacia Nina, "¿Verdad, brujita?"

Nina inclinó la barbilla hacia su pecho.

"Se acuerda". El carcelero rió entre dientes.

Ward sintió un calor sonrojante subir por su piel. Pero después de que el ayudante del carcelero, Orville, le quitara los grilletes, Ward se quitó la ropa. Con los grilletes y un juego de grilletes recién puestos y encadenados a la pared, el maloliente carcelero afeitó la cabeza, la cara, los brazos, el pecho, las piernas y el pubis de Ward con navajas sin filo. Ward se estremecía con cada pasada. Se protegió la virilidad con las manos esposadas lo mejor que pudo. Los cortes y rasguños sangraban libremente sobre su piel desnuda y cargada de carne de gallina.

"¿Qué hacemos ahora?" El impaciente ayudante del sheriff observó los instrumentos expuestos sobre una sencilla mesa de madera.

"Esperaremos. El médico tiene que examinarle".

El carcelero indicó a Ward con un movimiento de cabeza. "¿Has estado alimentando a algún demonio? ¿Como a la otra bruja?" Señaló con otro movimiento de cabeza a Nina, que sollozaba silenciosamente en la celda. "¡Eh, cállate!" El carcelero empujó con el pulgar en dirección a Nina. "¿Quieres que se calle?"

A Orville le brillaron los ojos. "¿Cómo?"

El carcelero cogió un trozo de metal de forma extraña con correas de cuero colgando de los bordes. "Esto funciona un poco como el arnés de un regañón. Ponle la lengua aquí", indicó. "Sujeta esto". Le mostró. "Esta parte es como el bocado de una brida, ¿ves? Y asegúralo en la parte de atrás de su cabeza".

La respiración de Nina se entrecortaba mientras lloraba.

"Lo siento mucho, Ward. Lo siento mucho. Por todo. Por ahora, y por todo lo que hice que te hizo enojar cuando éramos pequeños. ¡Te quiero!"

"¿No es conmovedor?" El ayudante del sheriff abofeteó a Nina antes de meterle la lengua en el aparato y asegurárselo detrás de la cabeza. Ignorando sus gemidos, volvió a la mesa y a la lección del carcelero.

"Estos son tornillos de mariposa. No necesitaba usarlos, ya que tenía dos juegos de dispositivos de seguridad. Pero si tenemos más brujas, supongo que los usaremos hasta que el herrero pueda hacernos más grilletes".

Los ojos del ayudante del sheriff se abrieron de par en par. Lanzó miradas a los rincones sombríos de la cárcel. "¿Cree que hay más?"

El carcelero se encogió de hombros. "No lo sé. No sabía que hubiera ninguno hasta el otro día. Pero he estado leyendo estos libros. Y este panfleto de Hopkins. Así que sé cómo hacer hablar a una bruja". Miró de reojo a Nina, aunque ella mantuvo la cabeza apartada. "¿Verdad, brujita?"

Orville cogió el viejo y quebradizo panfleto impreso y leyó. "Aquí dice que las nadamos. Que el agua rechaza a las brujas, ya que el agua es pura y las brujas no. Así que, si las atamos y las tiramos y flotan, son culpables".

"No, hay un impuesto para nadarlos. Además, no tenemos una silla para nadar, y este es nuestro carpintero, así que supongo que no tendremos una silla de remojo en un futuro inmediato".

El carcelero se aclaró la garganta y escupió al suelo cerca de Ward. "Así que caminamos y despertamos". Se rió entre dientes. "Eso fue divertido, ¿verdad, brujita?"

"¿Qué es eso? ¿Caminar y despertar?"

La sonrisa del carcelero encendió un brillo maligno en sus ojos oscuros. "No podemos torturarlos. Somos gente civilizada. Pero tenemos que preservar la comunidad. Tenemos que protegernos. Y tenemos que salvar sus almas, si es posible. La única manera de hacerlo es obtener una confesión. Así que nos quedaremos hasta conseguir una. Vigílalos".

Orville siguió leyendo. "Desearía haber estado aquí para eso. Extraer una confesión parece una habilidad necesaria en tiempos como estos".

El sheriff le dio una palmada en la espalda a Orville. "No te preocupes. Quédate y aprenderás". Otra carcajada. "Necesito a alguien que me releve cuando duermo, ¿verdad? Las brujas no duermen en mi cárcel". Se rió de Ward y Nina. "¿Verdad, brujitas?"

Nina gimió una protesta ineficaz que provocó más risas en el carcelero. Golpeó el antiguo panfleto en la mano de Orville. "Ese tal Hopkins dice que las brujas se comunican con sus familiares cuando duermen". Recogió la muleta de Nina del suelo mojado y la golpeó contra su celda. "¡No habrá ayuda de los diablillos para ti!". Se rió y volvió a blandir la muleta, acercándola a la cabeza de Nina. Ella apretó los ojos con fuerza. "Apuesto a que los tuyos son ranas y conejitos. Cosas que saltan. ¿Verdad?"

El intento de comunicación de Nina hizo reír al carcelero.

Orville frunció el ceño y alzó la voz. "Esto dice que hay que mantener a las brujas despiertas para que llamen a sus familiares. Así, los vigilantes podrán declarar en el juicio".

El carcelero frunció el ceño, la alegría desapareció tan rápido como un chaparrón de verano. "¿De qué estás hablando?"

"Aquí dice que los vigilas para poder ver al familiar de la bruja y dar pruebas a los jueces".

El carcelero parpadeó para disipar su incertidumbre. "Cuando digan que son brujas, todo se arreglará. Vamos a atar a este."

Colgaron las esposas de Ward de una anilla y una cadena en lo alto de la pared. Orville volvió a su lectura. El carcelero tomó una silla, se recostó y roncó. A Ward le dolían los hombros y el cuello. Nina dormitaba contra la sucia pared.

Ward se lamió los labios antes de bajar la voz. "Orville, esto es una locura. No soy un brujo. Tú me conoces. He trabajado para tus padres".

El ayudante miró al carcelero. "Me parece que no estarías aquí si no fueras culpable".

"Eso es todo. No soy culpable. No conozco la brujería ni al diablo. Nunca he hecho daño a otra alma".

A Orville se le desencajó la mandíbula. "Vi lo que pasó con Goodwife Alberts". Miró fijamente a Ward. "Dice que el hechizo de una bruja no puede durar si la bruja toca a la víctima". Se pasó el pulgar por la barba incipiente de la barbilla. "Revivió después de rozar tu piel". Se dio un golpecito en la barbilla. "¿Cómo explicas eso?"

"No puedo. Pero no le hice nada. Ni entonces. Ni nunca".

Cuando Orville volvió a su lectura, Ward intentó una táctica diferente. "¿No puedes quitarle la brida de regañar a Nina? ¿No puede tener espacio para tumbarse?"

"Tendría que preguntarle al carcelero".

Unas pisadas anunciaron el regreso del sheriff, su esposa y el doctor Burroughs.

"No había ido muy lejos".

El sheriff asintió a todos los presentes antes de marcharse.

El médico se acercó a Ward. "Buenas noches a usted."

Ward asintió. "He tenido mejores".

"Eso espero". Su labio se crispó. "Voy a revisar tu cuerpo en busca de marcas de bruja. ¿Tienes algo que confesar antes de que comience el examen?"

"Sólo que no soy un brujo".

El médico asintió. Hizo un hueco en la mesa para colocar un pergamino, una pluma y un tintero. Examinó cada centímetro de la piel de Ward. La esposa del sheriff pinchaba cualquier anomalía con una desagradable aguja hasta que manaba sangre. Ward se estremecía con cada pinchazo y se mordía el labio para no gritar.

"Al igual que con la otra, desafortunada mujer, no veo indicios de una marca de bruja". El doctor Burroughs se frotó el puente de su nariz aristocráticamente arqueada, con los ojos cansados cerrados.

"Disculpe, doctor, pero ¿qué pasa aquí?" Señaló la delicada frente de Ward.

"Mi querida mujer, le digo que no veo evidencia alguna de una marca de bruja en ninguno de los sospechosos. Y sin embargo usted persiste. Tal vez debería haberse ofrecido voluntaria para realizar el examen usted misma".

Le miró con furia. "No, es sólo que no quiero brujas en mi comunidad".

"Nadie quiere brujas en su comunidad". Suspiró, con mucho sufrimiento. "Muy bien." El médico levantó los genitales de Ward, comprobando si había alguna anormalidad. "Nada. ¿Está satisfecho?"

La mujer se mordió el labio, pero asintió.

"Muy bien". El médico asintió a Orville, Ward, el carcelero, e incluso hacia la Nina que miraba a la pared. "Supongo que nos veremos mañana para la cita en el juzgado". El médico se retiró.

Capítulo treinta:
No a la tortura

La vergüenza y la violación quemaron a Ward. "¿Puedo vestirme ahora?"

El carcelero se encogió de hombros. "Supongamos que sí. ¿Estás listo para confesar tu pacto con el maligno?"

"No puedo confesar algo que no hice".

El carcelero aflojó las cadenas que mantenían los brazos de Ward sobre su cabeza. Al soltarlas, Ward sintió ardor en los brazos y hormigueo en las manos. Ignorando la incomodidad, se puso la ropa. La esposa del sheriff se marchó.

"Caminemos". El carcelero pinchó la parte baja de la espalda de Ward con una pica de brazo largo desde su asiento, con los pies apoyados en la mesa cercana.

"¿Por dónde voy a caminar?"

"Alrededor. Muévete".

Ward caminó en círculos alrededor de la mesa hasta que le ardieron los muslos. "Tengo hambre. No hemos comido nada en todo el día".

"Sí, eso es lamentable. Pero no tienes familia que te pague las provisiones, así que no hay comida". Se encogió de hombros. "Lo siento." Se echó hacia atrás, con las manos entrelazadas detrás de la cabeza. "Por supuesto, si confiesas, tal vez pueda encontrar algo".

Ward tenía calambres en el estómago. Se le acalambraron las pantorrillas. Le ardía la garganta.

"¿Qué tal una copa?"

"La misma situación. ¿Quieres desahogarte?"

"¡No tengo nada que desahogarme contigo!" Ward se arrepintió de su arrebato cuando Nina se despertó de un salto. Se deslizó por la pared, incapaz de contenerse. Ward estuvo a punto de tropezar con los grilletes cuando intentó alcanzarla antes de que se golpeara la cabeza contra la pared.

"¡Ayúdenla!"

El carcelero resopló. "Esto no funciona así".

Orville observó atentamente a los hombres, con las cejas fruncidas.

"Esto es inhumano". Ward se dio cuenta de que el hocico del regañón había cortado la lengua de Nina, y con la cara aplastada contra la esquina, y las manos y las piernas cojas, no podía corregir su posición. Se mareó, casi con fiebre. Le dolían la cabeza y el cuerpo.

Si esto es malo para mí, ¿cuánto peor debe ser para Nina, con sus problemas físicos?

"Oye, mantenla despierta." El sheriff señaló a Orville.

Orville se rascó la nariz, con el dedo en el libro que había abierto. "¿Qué quieres decir?"

"Cuando se duerma, dale un codazo para despertarla. Usa esa vieja pica". El sheriff señaló.

Orville estableció un fugaz contacto visual con Ward antes de sonrojarse más que sus pecas y apartar la mirada.

La velada continuó, con Ward obligado a caminar en círculos cuando se le cerraban los párpados, y fuertes golpes contra el recinto de Nina cuando gemía o dormitaba. El constante y ruidoso bombardeo de insistencia por una confesión. Promesas de que todo acabaría si confesaba. Orville se hizo cargo mientras el carcelero dormía, un poco más suave, pero lleno de la seguridad de un fanático de la rectitud de la misión. Por la mañana, el carcelero reanudó después de haber descansado para comer. Orville se marchó, presumiblemente para desayunar y descansar.

Al menos no comen delante de nosotros.

Por la tarde, o más tarde, la penumbra del calabozo, la falta de comida y los dolores febriles y zumbantes hacían imposible medir el tiempo.

El sheriff vino a por Ward. "¿Ha confesado?"

"No, señor. Es testarudo".

"El juez quiere oír el informe del médico, pero Burroughs insistió en que tenía que irse, maldito sea. Así que tenemos que esperar hasta que el doctor regrese para proceder".

"Tal vez podamos conseguir una confesión de él todavía, y más de la historia de la hembra. "

El carcelero sonrió, lento y socarrón.

El sheriff miró a Nina. Sus ojos se abrieron de par en par. "¿Qué le has hecho?"

El carcelero se encogió de hombros. "Intentó conjurar, así que nos encargamos de que no pudiera hacerlo".

"No lo hizo". Ward recibió un puntazo disimulado del pequeño cuchillo del carcelero por su afirmación.

El sheriff se acercó al recinto de Nina, estremeciéndose por el hedor. La tocó con cautela y la puso de pie, teniendo cuidado de no meter las botas en el fango. La apoyó contra la pared.

"¿No puedes meterla en una celda normal?". Parpadeó con los ojos llorosos y se frotó la nariz enrojecida.

El carcelero frunció el ceño, marcando profundos surcos alrededor de su boca.

Como un hocico, pensó Ward, e imaginó la transformación del carcelero en una criatura aulladora, con dientes afilados como cuchillos, como picas, como tumbas. *¿Las brujas tienen tumbas*?

"La literatura dice mantenerlos de pie. Con grilletes. Evita que lancen hechizos malignos". El carcelero cruzó los brazos ante el pecho, desafiante. "Aquí mismo, si queréis leerlo. Tengo todo lo impreso sobre el tema".

El sheriff apretó los labios y sacudió la cabeza al salir. Llamó por encima del hombro: "Que estén listos".

Capítulo treinta y uno:
Ante el juez

Humillados y sucios. Sin apenas comida ni bebida. Casi sin dormir y sin ninguna comodidad. Cansado por los constantes interrogatorios. Dolorido por el frío, dolorido por las privaciones, dolorido, dolorido, dolorido.

El carcelero trajo una palangana, un trapo y una pastilla de jabón de lejía. Le quitó las esposas y los grilletes. "Límpiate. Hoy irás ante el juez". Ward sumergió la cabeza en el agua, sorbiendo, desesperado. El jabón quemó los numerosos cortes mientras Ward se lavaba lo mejor que podía, frotándose las rozaduras de las muñecas y los tobillos. Se puso una camisa limpia y casi se desmayó de cansancio. La cabeza le latía con fuerza. Le zumbaban los oídos. Le ardía la garganta. La visión doble le atormentaba. Se preguntaba si sus piernas le sostendrían cuando estuviera ante el juez, o si caería al suelo como Nina cuando se enfrentó a la misma situación.

Nina. Silenciosa. Encadenada. No de pie, sino apoyada contra una pared, escorándose como una borracha hacia un suelo de tierra que consiste más en desechos que en tierra. Le crecían rastrojos en la cabeza.

¿Cuánto tiempo llevamos aquí?

Orville volvió a sujetar las correas. "¿Listo para confesar finalmente?"

Para Ward, las palabras sonaron confusas, como el grito de un perro quejumbroso. Levantó el labio en un gruñido de respuesta, enseñando los dientes, el omega en una jauría viscosa.

De algún modo, Ward se encontró en la sala de reuniones, rodeado de más caninos voraces. Mantenía sus calzones en su sitio, un vestigio de su humanidad apenas aferrado a su despojado cuerpo. Se esforzaba por atender a los ladridos y aullidos que le rodeaban, obligándoles a formar palabras en un idioma que entendiera.

"...sin una súplica..."

"...presionando..."

"¡Espera!" Una voz anciana, pelo blanco (¿pelo?) sobre un rostro arrugado como una manzana envejecida.

¿Era una sonrisa o una amenaza? ¿Grandy?

"Su esposa envió representantes de la universidad. ...llegando ahora... ¿escuchan el carruaje?"

La habitación giraba, los colores se arremolinaban, los lobos se acercaban...

Capítulo treinta y dos:
Consejo

Algo fresco y refrescante goteó por los labios de Ward. Mamó como un niño. O como un familiar en la teta de una bruja.

Abrió los ojos. Resplandor brillante. Los cerró. Olió comida. Olfateó como un hombre hambriento en un festín. O como un lobo al acecho.

Comía pan sencillo y crujiente mojado en caldo, pequeños bocados llevados a sus labios por dedos viejos y arrugados. Era el festín más delicioso que había encontrado jamás. Se lanzó a devorar, hambriento como el invierno, voraz como un lobo.

"Despacio. Come despacio o enfermarás".

La voz, tranquila. Familiar. Grandy Blicken.

"Lillian envió a dos abogados de la universidad para representarte a ti y a Nina. Están aquí y quieren hablar contigo, cuando estés lista".

"Pero no puede ser demasiado largo, me temo." Una voz masculina y culta. Ward abrió los ojos, entrecerró los ojos a través del resplandor de la luz del sol en una habitación cálida, y se encontró con dos jóvenes bien vestidos y, de hecho, Grandy Blicken.

Su voz se quebró por el desuso. "¿Lillian?"

Suave presión de la piel de papel de Grandy, su mano sobre la de él. "Le sugerí que se quedara con Amity un tiempo más". Intercambió una mirada mordaz con los hombres. "Hay muchos acontecimientos, y es probablemente más seguro para ella allí - hasta que esto se resuelva."

Los hombres estuvieron de acuerdo.

"Mi nombre es James Alden, y este es Robert Toothaker . Nos han contratado como sus asesores legales".

Ward se metió más comida en la boca, notando dos dientes que antes no estaban flojos, pero masticó.

"Lillian está a salvo, sin embargo. ¿Y el niño?"

"También, bueno. Lo que me recuerda. ¿Dónde está nuestro otro cliente?" James salió de la habitación.

Ward no reconocía nada de lo que le rodeaba, desde la mesa cubierta de lino hasta las cortinas a juego de las ventanas. La factura de la habitación le impresionó.

"¿Dónde estamos?"

"Mi casa". Grandy Blicken sonrió.

Ward tragó saliva y se aclaró la garganta, con los pensamientos más claros que habían sido en días.

"Gracias.

Otra sonrisa adornó los labios de la anciana.

James ayudó a Nina a entrar en la habitación y la sentó en una silla junto a la mesa. Una joven trajo un tazón de caldo y un trozo de pan para Nina, aunque su cabeza se adormeció y cayó sobre la mesa. James sostuvo la cabeza de Nina mientras Grandy la cuidaba.

"Bárbaro". La mandíbula de James se tensó.

Una vez que Nina revivió un poco, discutieron sus planes para la corte.

Capítulo treinta y tres:
Procedimientos irregulares

Las pobladas cejas del juez Dodd formaban una cresta sobre sus fríos ojos azules. "Esto es de lo más irregular".

James Alden se tiró de los pelos de la barba como si estuviera sumido en la contemplación. "En efecto, lo es, Señoría, pero la propia acusación de brujería es una anomalía en estos días, ¿no es así? Y creemos que juzgar a estos dos juntos puede producir una imagen más clara de quiénes son y por qué son inocentes de todos los cargos que se les imputan."

"Como ya hemos explicado, este caso se ha puesto en conocimiento de la facultad de medicina y de la facultad de estudios jurídicos de la Universidad de Wardswell, donde ambos trabajamos. A los responsables de la universidad les gustaría mucho participar en este juicio, para ver cómo se desarrolla en el gran esquema de cosas de esta nueva nación nuestra", añadió Robert Toothaker.

"No veo motivo alguno para que intervenga la universidad". El juez, sentado en su banquillo oficial del juzgado de la ciudad, revisó los documentos que presentó la pareja que representaba a Ward y Nina.

James Alden se encogió de hombros. "Cada caso tiene el potencial de moldear el tejido mismo de nuestro sistema jurídico".

Robert Toothaker amplió su postura. "Tampoco hay razón para desautorizar nuestra participación. Estamos legalmente autorizados y permitidos a ejercer y podemos aportar nuestra visión experta sobre estos asuntos, ya que entran dentro de nuestros campos de estudio."

"Muy bien". El juez entregó los papeles al alguacil. "El secretario registrará estos documentos como prueba inicial en este juicio, y los señores James Alden y Robert Toothaker representan por la presente a Ward Woodsman y Nina de Wildesfield en este caso de brujería. Llamen al primer testigo".

Mary Alberts subió al estrado, todo ángulos furiosos y miradas desdeñosas. Reiteró sus acusaciones contra Ward y Nina.

James Alden la interrogó. "Entonces, ¿dices que tu hijo fue sacrificado para permitir que el chico del bosque viviera? ¿Pero cuándo murió su hijo? Cinco días, o casi una semana antes de que Nina de Wildesfield fuera traída para cuidar al niño Woodsman. ¿Por qué habría un retraso tan sustancial entre el supuesto sacrificio del niño y la curación del niño del Woodsman, Malcolm? Usted no lo sabe, sin embargo, lanzó la acusación. ¿Con qué autoridad obtuviste esa información? ¿Un sueño, dice? Señoría, ¿se da cuenta de que las pruebas espectrales fueron desacreditadas en 1693 tras un gran error de la justicia? Entonces, ¿qué otra prueba puede ofrecer?".

La esposa del herrero se agitó cada vez más y sus respuestas degeneraron hasta que señaló a Ward y gritó: "¡Él me provocó un ataque! Todo el mundo lo vio. Y lo único que me sacó de él fue el toque del que lanzó el hechizo. Fue él".

"Tranquila, buena esposa. No quiero que tu elevado estado de histeria te lleve a otro ataque epiléptico que acabará cuando roces con tu mano a mi inocente cliente".

Se volvió del estrado e ignoró a Mary. James Alden se rió mientras la sala estallaba en protestas a favor de Mary Alberts y acusaciones a gritos. La lista de acusadores crecía. James Alden extendió los brazos, acogedor, y recibió a unos cuantos.

"¡Es una retorcida!" Mercy Penning escupió al suelo. "Dios la ha castigado, la ha dejado deforme como señal de su juicio contra ella".

El rostro de James Alden se volvió pensativo y triste. "¿Usted, una dama de qué? ¿Dieciocho años? ¿Pretende conocer la mente de Dios, cuando los alumnos trabajan toda su vida para comprender pasajes concretos? Religiones enteras surgen y desaparecen por una cuestión de comprensión de las escrituras, ¿y sin embargo usted es capaz de interpretar la mente de Dios en el asunto de los defectos de nacimiento de esta mujer?"

Se volvió hacia Nina. "En Juan 9 Jesús respondió con respecto a un minusválido: 'No es que éste pecara, ni sus padres, sino para que las obras de Dios se manifestaran en él'".

Susan Thorington gritó: "¡Pero la vi echarle mal de ojo a mi vaca y dejó de dar leche!".

James Alden preguntó: "¿Qué edad tenía tu vaquilla? ¿Diez años? Pero es cuando la producción de leche disminuye en la mayoría de las razas, ¿no?".

Dennis Berger se quejó: "Cuando instaló el escritorio en mi despacho, Ward Woodsman escondió sigilos secretos para asegurarse de que haría malos negocios, ¡y los he hecho!".

Preguntó James- ¿Por qué iba a hacer algo así Ward Woodsman? ¿Cómo sabemos que no lo talló usted mismo? ¿O qué significa ese supuesto símbolo?". Una sonrisa estiró su bigote en una línea.

"Señoría, sus ciudadanos parecen tener un conocimiento poco común de lo oculto. Me pregunto si hay más que temer de ellos que de mis clientes".

"¡Ya es suficiente!" El rostro del juez se enrojeció y la sala se silenció.

James se frotó la barba mientras se paseaba ante el juez.

"Le pido disculpas, Señoría. Por supuesto, se trata de un asunto serio. Sólo intento demostrar lo fácil que es señalar con el dedo acusador".

El sheriff se puso en pie. "Señoría, ¿qué hay de la confesión? Nina de Wildesfield admitió practicar brujería".

James señaló al sheriff. "¡Buena observación! Gracias, sheriff". Se acercó a Nina. "¿Eres una bruja?"

Nina negó con la cabeza, con los ojos muy abiertos y horrorizada. "No, señor. No soy una bruja".

James continuó. "¿Alguna vez has sido bruja?"

"No, señor. Nunca he sido, ni pretendo ser, una bruja".

James apoyó los codos en la mesa frente a Nina. "Entonces, ¿por qué en nombre del cielo confesaste tal cosa?"

Nina tragó saliva y sus ojos se llenaron de lágrimas.

"No me daba cuenta de lo que decía. Me dijeron que si firmaba un papel podría dormir. Podría tomar algo de comida y agua. Llevaba días sin dormir y tanto tiempo sin comer ni beber que pensé que me moriría".

"Espera". James se levantó, sus manos expresivas en su exagerada sorpresa. "¿Trataban a matarte de hambre? ¿No te dieron agua? ¿No te dejaron dormir? ¿Qué hacían el carcelero y su equipo si te quedabas dormido?".

Nina bajó los ojos, perdida en el terror de la experiencia.

"Golpeaban cosas para hacer ruido, me clavaban un cuchillo en un palo, me gritaban que confesara. Nos hacían caminar hasta que parecía que se nos iban a caer las piernas del cuerpo, mucho más allá del punto de agotamiento. No nos daban ni un momento de descanso. Incluso después de firmar sus mentiras, no me dejaron dormir ni comer o beber lo suficiente. Hicieron lo mismo con Ward, pero él era más fuerte que yo. Nunca confesó".

"Así es. Ward, ¿puedes verificar lo que dijo Nina sobre su trato a manos del carcelero de Alysburg y su personal?".

"No estaba allí cuando trajeron a Nina por primera vez, pero vi cómo la dejaban sin sentido antes incluso de que entrara en la cárcel. La obligaron a permanecer de pie sobre su propia suciedad, sin permitirle ni siquiera sentarse, lo que es duro para cualquiera, y especialmente difícil para alguien con el estado de Nina. Cuando me detuvieron, a mí también me privaron de comida, agua y sueño. A mí también me hicieron caminar sin descanso. A mí también me dijeron que podría tener un respiro si confesaba".

"Señoría", James extendió los dedos y se encogió de hombros. "¿No constituye esto tortura? ¿Y no se nos prohíbe, como sociedad civilizada, semejante abuso?".

El carcelero se puso en pie de un salto. "¡Sólo seguí los procedimientos estándar de protección contra las brujas! No hice nada malo".

"Ah." James Alden se aclaró la garganta. "Señoría, a mi socio, el doctor Robert Toothaker, le gustaría aportar pruebas que usted considerará importantes para este caso". Miró fijamente al carcelero. "Él también ha estudiado las mejores prácticas en estos casos, al igual que yo. Él, sin embargo, tiene un pasado más histórico que entra en juego".

Robert Toothaker se puso en pie y explicó la historia de su familia. "Hemos sido cazadores de brujas durante tres generaciones. Yo mismo sé cómo detectar y castigar brujas, al igual que mi hija".

Señaló a Ward y a Nina. "Estos dos no muestran los signos ni poseen los conocimientos necesarios para estar aliados con el reino infernal".

El herrero se levantó de su asiento. "¿Cómo, entonces, curó a ese infante, excepto a través de magia y pociones?"

"Ah, sé cómo afectaría esto, ya que soy un médico versado en remedios populares, pero preguntémosle a la señora acusada". Sonrió a Nina. "Nina de Wildesfield, ¿cómo curaste al bebé en cuestión?"

Nina se levantó con dificultad. "Hice un té de matricaria para enfriar su temperatura. Sauce en polvo para sus dolores. Flores secas de manzanilla para aliviar su estómago. Miel para endulzarlo. Y recé, como todo buen cristiano debe hacer, y lo puse en manos de nuestro Padre Celestial".

"Todo esto suenan como curas populares comunes. ¿Cómo las aprendió?" Se apoyó en el estrado. "¿Te enseñó el diablo?"

Nina soltó una risita, una risita nerviosa, pero sus ojos permanecieron abiertos y atormentados. "No, señor, mi querida madre, bendita sea, me enseñó".

"Ahí lo tiene, Señoría. Ningún misterioso hombre de negro exigiendo una firma para impartir conocimientos arcanos. De hecho, estoy dispuesto a apostar que un buen número de estas buenas comadres aquí presentes están al menos pasajeramente familiarizadas con el tratamiento que administraba Nina de Wildesfield".

Se chasqueó los labios con un chasquido. "¿Conoces una prueba que durante mucho tiempo se creyó que probaba la lealtad de una bruja con el diablo? Una vez que una persona firma el libro infernal y pierde así su alma, ya no puede recitar el Padre Nuestro". Asintió a Ward y Nina.

Ward la ayudó a levantarse y se pusieron de pie. Cada una recitó la oración del Señor sin vacilar, y luego la rezaron juntas.

"También le pedimos que lea el informe del médico examinador, Burgess creo que se llamaba. Informó al tribunal que no encontró ninguna marca ni en Ward ni en Nina que él creyera que era una marca de bruja".

La esposa del sheriff se encogió en su asiento, y muchos en la asamblea se volvieron para ver si se reafirmaba en su creencia de que el médico estaba equivocado. No lo hizo.

James Alden se paseaba, dominando la sala con su presencia esbelta y aristocrática.

"¿Nunca te preguntas, si los demonios son tan sabios, por qué tratar con pobres, ancianas, viudas y gente con poco o ningún prestigio o poder? ¿Por qué no buscarían adoctrinar a los ya influyentes, para que su propio alcance mejorara?"

Se detuvo ante el juez. "¿Por qué reclutar a gente que tendría tan poca importancia?".

Sonrió por encima del hombro a Nina y Ward. "Estos dos, estos hermanos, podrían ser cualquier miembro de esta comunidad. Trabajan lo mejor que pueden. Se esfuerzan por hacer el bien a todos. Aman a sus hijos y lloran cuando muere alguien querido. Les pido que examinen sus propios corazones y vean si no pueden imaginarse a sí mismos en estas circunstancias. ¿A qué acusaciones os enfrentaríais? ¿Qué defensas podríais ofrecer?".

Mary Alberts rompió a llorar, salió del banquillo de los testigos y abrazó a su marido.

El jurado contemplaba, silencioso e introspectivo. Los espectadores cuchicheaban en voz baja entre ellos. El juez Dodd se reclinó en su silla de respaldo alto. Saludó al jurado con la cabeza cuando emitieron su veredicto.

"Posees una lengua de plata, joven, y has salvado a estos dos de la horca".

Nina se tapó la boca, con lágrimas de felicidad bailando en sus ojos. Por primera vez en su vida, Ward la abrazó sin vacilar.

Capítulo treinta y cuatro:
Hogar

Ward se quitó el sombrero al entrar en su casa y abrazó a su bella esposa. Ella se puso de puntillas para besarle y rodearle los hombros con los brazos. "¿Alguna novedad hoy?"

"¡Malcolm se dio vuelta!"

"¡Qué logro! Dentro de poco estará ayudando a su tía Nina a recolectar hierbas".

"O ayudando a su Papá en el taller de carpintería".

Como si oyera su nombre, Nina entró en la habitación dando tumbos, equilibrada entre las muletas que Ward había empezado a fabricar antes del juicio y las acusaciones. Llevaba una cesta llena de setas recién recogidas para la cena.

"¡Buenos días! Gracias por invitarme a cenar. ¿Ves lo que he traído?"

Lillian se apresuró a recoger la cesta. "¡Oh, qué bien! Llegas justo a tiempo". Lillian rebotó sobre las puntas de los pies, emocionada. "Nina, Ward tiene algo que enseñarte".

"Lillian, ¿no deberíamos cenar primero? Me muero de hambre". Los labios de Ward se torcieron al considerar sus palabras. No, él había pasado hambre. "Quiero decir que estoy extremadamente hambriento y que espero con gratitud la comida".

"Razón de más para enseñarle a nuestra hermana lo que has hecho para ella". Lillian dejó la cesta sobre la mesa y deslizó su mano en la de Ward. Malcolm arrulló y sacudió los pies de la piel de oveja que había en el suelo. "¡No puedo esperar a que lo veas! Espero que... bueno, ya verás". Su amplia sonrisa amenazaba con partir en dos su delicado rostro.

Nina sonrió tímidamente y extendió la mano para coger el ofrecimiento de Ward.

"Ven, Nina". Ward la guiaba a través de la cocina hasta una nueva habitación, un añadido a la cabaña.

"Esta es tu habitación. Nos encantaría que vivieras aquí con nosotros. Mira, hay una puerta trasera y espacio para tu botica. Podría traer todo de tu antigua casa aquí, y puedes montar tu negocio".

La mano de Nina temblaba mientras la apoyaba sobre su boca abierta.

Lillian apretó las manos ante sí como suplicando. "¡Y yo podría ayudarte!"

Ward se aclaró la garganta, con las mejillas sonrosadas por la sinceridad. "Nos encantaría que vivieras aquí. Con nosotros".

Lillian asintió. "Significaría mucho para todos nosotros".

La barbilla de Nina se tambaleó por la emoción reprimida. "No quisiera ser una imposición".

"No eres una imposición, y siento haberte hecho sentir así". Ward se lamió los labios, con la garganta repentinamente seca por la preocupación y la culpa reprimida mientras continuaba. "Si estuvieras aquí, podríamos ayudarnos mutuamente".

A Nina le gustó la idea. "Podría contribuir. Gano algo de dinero con mis remedios. Y alrededor de la casa. Cocinando. Limpiando. Con mi sobrino". Se le saltaron las lágrimas de felicidad.

Todos se abrazaron, encantados con la nueva aventura.

Los ojos de Ward se empañaron con sus propias lágrimas.

"Y te prometo, como tu hermano mayor, que nunca más tendrás que enfrentarte sola a los lobos de la vida".

Epílogo:

Aunque se trata de una obra de ficción, he añadido algunos detalles históricos para enriquecer la narración. Sin embargo, he adaptado muchos de ellos para facilitar la fluidez de la historia. Por ejemplo, aunque he inspirado algunos aspectos de los procesos judiciales en los famosos juicios por brujería de Salem (Massachusetts) de 1692-1693, también me he tomado algunas libertades.

Por ejemplo, la extremaunción es un ritual católico y habría sido considerado "adiophra" por los practicantes puritanos. Sin embargo, lo incluí para mostrar la terrible situación a la que se enfrentaban los desamparados padres del pobrecito Malcolm Woodsman.

Los puritanos no se habrían sentado en familia durante sus maratonianos servicios dominicales ni durante los procedimientos judiciales iniciales. Según tengo entendido, los hombres poblaban un lado de la sala de reuniones (que se utilizaba para los servicios religiosos de varias horas de duración y para los asuntos del pueblo y algunos procedimientos judiciales) y las mujeres el otro, con los niños y los esclavos en la periferia. (Sí, incluso en Massachusetts había gente esclavizada en aquella época.) Así pues, Ward y Lillian no habrían tenido la presencia reconfortante del otro cuando soportaron el agudo sermón del reverendo Long. Tampoco el herrero y su esposa habrían estado lo bastante cerca como para ofrecerse consuelo el uno al otro.

Tomé como modelo las pruebas de detección de brujas, los métodos para obtener una confesión y las ramificaciones de la condena de las prácticas habituales de la época, descritas en los registros de los tribunales y en obras escritas como las de Matthew Hopkins, Cotton Mather, Increase Mather y el rey Jacobo I de Inglaterra. Los juicios por brujería se sucedieron en todo el mundo, durante siglos, con ciudadanos que se volvían contra sus vecinos y familiares. Algunas de las acusaciones provenían de la avaricia o la codicia. Algunas probablemente se lanzaron desde el miedo y el dolor genuinos, como es el caso de la familia Blacksmith (herrero). Algunos dicen que el incidente de Salem de 1692-1693 fue una travesura criminal llevada demasiado lejos. Otros apuntan a un posible envenenamiento por cornezuelo de centeno o histeria colectiva.

Sin embargo, la mayoría de los condenados por brujería en Salem y lejos de allí eran personas marginadas con pocas protecciones personales o legales en vigor. Los pobres. Los ancianos. Las viudas. Los descarados o antipáticos. Los inadaptados sociales que, por alguna razón, no encajaban.

Utilizando Salem en febrero de 1692 a mayo de 1693 como ejemplo, la primera acusada de brujería fue una persona esclavizada, Tituba, una sirvienta en la casa del reverendo Samuel Parris donde una misteriosa enfermedad afligía a los jóvenes residentes. Como esclava, Tituba no tenía protecciones legales contra la tortura. Fue golpeada y, de hecho, torturada hasta que proporcionó una historia aterradora sobre el diablo, su libro y el aquelarre de Salem que montaba palos con sus familiares y espíritus animales encantados. A partir de la "confesión" de Tituba, otras dos mujeres, Sarah Good (una mendiga) y Sarah Osborne (una viuda marginada) fueron arrestadas.

Interesante nota a pie de página. Tituba se retractó más tarde y, aunque Parris se negó a pagar su fianza, a medida que los juicios se agotaban, una fuente anónima pagó su liberación de la cárcel de Boston que la retuvo durante trece meses. No he encontrado ningún informe que recoja lo que le ocurrió a la dama a partir de entonces, aunque espero que ella, su marido y su hija se escaparan de Massachusetts y encontraran un hogar más seguro.

Según los registros judiciales, más de 200 personas fueron acusadas de brujería en Salem (Massachusetts) y zonas periféricas en la época de los juicios. Treinta personas fueron declaradas culpables, diecinueve fueron ejecutadas en la horca y un hombre, Giles Corey, cuando se negó a declararse (culpable o no) ante el tribunal, fue presionado bajo tablas de piedra en un proceso llamado "Peine forte et dure" hasta que murió.

La leyenda dice que después de tres días de esta tortura pública, se preguntó al viejo Sr. Corey si finalmente se declararía culpable. Si lo hacía, sus propiedades serían confiscadas por los tribunales, y sus hijos no heredarían. ¿Su respuesta? "Más peso".

De los ahorcados, catorce eran mujeres y cinco hombres. Al menos otras cinco personas murieron a causa de las deplorables condiciones de las cárceles. Ni siquiera los animales estaban a salvo. Al menos dos perros también fueron asesinados, acusados de ser "familiares".

Esta historia de lobos y brujería está ambientada en un pasado no muy distinto del nuestro, pero desde luego no es Salem. Esta historia permitía a los miembros de la comunidad participar en carnavales, bailes y cantos a cambio de golosinas en la víspera de Todos los Santos. Allí, los lobos, literales y metafóricos, merodean por Wilding Woods, donde se dice que las brujas atraen a los incautos para que bailen alrededor de hogueras y firmen grandes libros negros.

Como yo misma soy una inadaptada y probablemente me habrían ahorcado si hubiera vivido en la Nueva Inglaterra colonial o me hubieran quemado en la hoguera en algunas partes de Europa durante sus infernales juicios, bauticé los pueblos donde vivían e interactuaban los personajes de este relato en honor de algunas víctimas de la histeria de las brujas de Nueva Inglaterra. Algunos de los nombres de los personajes también se inspiraron en personajes históricos.

Nina y Ward crecieron en Wildesfield, llamado así en honor de Sarah Wildes que fue ahorcada junto con otras cuatro personas condenadas, Rebecca Nurse, Sarah Goode, Elizabeth Howe y Susan Martin el día de mi cumpleaños (19 de julio) en 1692.

La abuela de Ward y Nina vivía en la cercana Bridgeton, llamada así por Bridget Bishop, la primera en caer en la horca el día del cumpleaños de mi hijo menor (10 de junio) en 1692.

La residencia de Ward en Alsebury debe su nombre a Alse Young, la primera mujer ejecutada en las colonias en Hartford, Connecticut, el día anterior al cumpleaños de mi hija mediana (26 de mayo) en 1647.

Englisburg, donde vivía la tía Amity de Lilian, encontró en Philip English su inspiración. La suya es una historia de retribución tomada a través de algo más que una libra de carne, y recomiendo la lectura de su entretenida disputa con la oportunista familia de George Corwin.

La ayuda solicitada llegó de la Universidad Wardwell. Esta institución ficticia de enseñanza superior lleva el nombre de Samuel Wardwell, padre, que fue ahorcado el día del cumpleaños de mi futuro yerno (22 de septiembre) de 1692, junto con Margaret Scott, Wilmot Redd, Ann Pudeator, Alice Parker, Mary Parker, Mary Eastley y Martha Corey. El nombre de la universidad vino después de que ya hubiera nombrado al personaje principal de esta narración. Y puesto que, en última instancia, se trata de la historia de su eventual bienestar, me parece serendipia y apropiado.

Por cierto, en la mayoría de los juicios por brujería, incluidos los de Salem, a los acusados no se les permitían abogados. Sin embargo, me alegro de que Ward y Nina tuvieran la representación necesaria. También he abreviado considerablemente el lenguaje y los procedimientos del tribunal para hacer avanzar la historia. Pido disculpas a quienes disfrutan con este tipo de drama.

Los abogados James (John) Alden y Robert (Roger) Toothaker recibieron sus nombres de personas acusadas pero absueltas de los Juicios de las Brujas de Salem. El histórico capitán John Alden escribió un relato de su experiencia en Salem cuando fue acusado por la "afligida" huérfana Mercy Lewis (guiada por un hombre no identificado), mientras que el histórico Sr. Roger Toothaker tuvo un aprendizaje médico con el Dr. Samuel Eldrid que practicaba la medicina popular. Es interesante señalar que la familia Toothaker era "versada en detectar y castigar brujas". Roger murió en prisión y nunca fue a juicio.

Crannastown, donde Ward y Nina asistieron al carnaval con sus padres, y desde donde Lillian y la tía Amity solicitaron ayuda legal a la Universidad de Wardwell, debe su nombre a Hannah Cranna, de Monroe, Connecticut. Hannah nació en Connecticut en 1783. Se casó con el capitán Joseph Hovey, y cuando éste murió en "circunstancias misteriosas", sus vecinos sospecharon que Hannah era bruja, aunque nunca fue juzgada como tantas otras desafortunadas personas acusadas. Sin embargo, utilizó los miedos y creencias de sus vecinos en su propio beneficio y murió en 1859 con una leyenda que sigue cautivando la imaginación local hasta nuestros días. Incluso hay un grupo musical que lleva su nombre.

Los primeros médicos que acudieron a tratar al bebé de Ward y Lillian y al desafortunado hijo de la familia Blacksmith procedían de Carrierville, llamada así por Martha Carrier, colgada como bruja junto a John Proctor, John Willard, George Burroughs y George Jacobs, Sr. el 19 de agosto de 1692.

Concluiré esta nota posterior a la novela recordando a todos que sean amables los unos con los otros. No levantan falsos testimonios.

Después de todo, parafraseando a George Santayana, "Los que no aprenden la historia están condenados a repetirla".

Preguntas para la discusión:

❖ ¿Te gustaba Ward al principio del libro? ¿Qué te pareció al final?

❖ ¿Cree que se pasa por alto a los hermanos de las personas discapacitadas? ¿Se espera más de ellos que de sus hermanos "sin discapacidad"?

❖ ¿Se ha identificado con los personajes? ¿Con quién?

❖ ¿Quién era el "sistema de apoyo silencioso" de los protagonistas?

❖ ¿Cómo habría sido diferente el libro si se hubiera contado desde el punto de vista de Nina?

- ❖ ¿Por qué cree que la autora eligió un escenario ambiguo para su novela?

- ❖ ¿Por qué crees que otros vecinos se lanzaron a acusar a los hermanos? ¿En qué se basaban sus acusaciones?

- ❖ ¿Qué futuro imaginas para la familia? ¿Crees que los lobos volverán a atacar?

- ❖ ¿Qué le parece la inclusión, admitida por el autor, de personajes históricos como topónimos?

- ❖ ¿Qué es lo que más le ha sorprendido de este libro?

- ❖ ¿Ha aprendido algo del libro? ¿Le resultaron útiles las notas del autor al final del libro?

- ❖ ¿A qué tipo de lector recomendaría este libro?

- ❖ Si este libro se adaptara al cine, ¿a quién elegiría para los papeles?

Agradecimientos

Ante todo, gracias por leer mi novela. Una historia comienza en la imaginación de un escritor, pero se hace realidad en la del lector. Y de todos los millones de libros disponibles en este ancho mundo, usted eligió el mío. Si te ha gustado, por favor, difúndelo a través de una reseña en cualquiera de las plataformas disponibles. (Las reseñas son imprescindibles para tener visibilidad entre esos millones de libros que he mencionado).

La secuencia onírica del capítulo diecisiete fue adaptada por primera vez como relato de ficción flash "Wolves at the Gate" en la edición de 2016 de *Full Moon Slaughter*, editada por Toneye Eyenot, de J. Ellington Ashton Press.

Debra Sanchez es un ángel de la edición, un apoyo infalible y el cerebro radiante y brillante detrás de Tree Shadow Press. Sin ella y su inestimable ayuda, este libro no sería ni de lejos lo que es, ni yo sería la escritora que soy sin ella.

-KEBB

Sobre la autora

Autora de dos novelas juveniles de suspense paranormal (*Awakening at Equinox* y *Spring of Spirits* y sus versiones en español, *Despertar En Equinoccio* y *Primavera de Espíritus*), cuatro colecciones de cuentos de terror (ganador de premio TAZ) *Herd of Nightmares, Carousel of Nightmares, Fairy Herds and Mythscapes* y *Nightmares on Holiday* y un libro de poesía (*Poetic Nightmares*), Kerry E.B. Black comparte su entusiasmo por la historia con su última novela, *Wolves at Bay*. Muchas otras obras de Kerry han aparecido también en antologías, fanzines y revistas.

Kerry vive en la tierra del acero y los zombis con su cónyuge, dos de sus cinco hijos (el resto han crecido y volado para llevar sus propias vidas interesantes), dos gatos con nombres de autores asombrosos y una familia de ratones traviesos. Cuando no escribe, esta miembro de la Horror Writers' Association (HWA), Nomadic Wordsters, Rough Writers y Wily Writers, canta para personas mayores, aboga por los discapacitados y lee (y reseña) todo lo que puede.

Le invita a unirse a sus redes sociales, incluida su página web www.KerryEBBlack.com.

Sobre la traductora

Debra R. Sanchez se ha mudado más de treinta veces... hasta ahora. Es licenciada en Comunicación y Escritura por el Westminster College. Ella y su marido tienen tres hijos adultos y siete nietos... hasta ahora.

Imparte talleres de escritura, asesora a escritores y organiza retiros de escritura. También es editora independiente y traductora de una amplia variedad de temas, incluyendo numerosos libros.

Sus obras han sido premiadas en varios géneros: cuentos infantiles, poesía, fantasía, ficción y no ficción creativa. Varias de sus obras de teatro y monólogos han sido producidas y publicadas. Sus otras obras se han publicado en revistas literarias, periódicos y antologías.

Para más información, visite su página web:
www.debrarsanchez.com
Sígala en Facebook: @DebraRSanchez